真夜中のパン屋さん

午前0時のレシピ

大沼紀子

ポプラ文庫

真夜中のパン屋さん

午前0時のレシピ

contents

Setagaya Line
世田谷st

真夜中のパン屋さん

午前0時のレシピ

Open

首都高と国道246が重なり合う、その街の夜はいつもほの明るい。首都高を照らす街灯の光が、街全体にぱらぱらこぼれるように広がって、本来あるべき夜の闇の濃度を薄めているせいかも知れない。世田谷通りと246に面する駅前には、深夜営業のファーストフード店、居酒屋、カフェ、本屋、スーパー等々が建ち並んでいて、店からは淡い明かりがもれている。通り自体にも光は集まる。往来する車たちが、生真面目なミツバチのように、せっせとヘッドライトやらテールランプやらを運んでくるからだ。

つまりこの街には、夜を明るく照らす因子が多くある。言うなれば、眠らない街。けれどその明るさに、扇情《せんじょう》的な色味はほとんど含まれていない。ビルのネオンサインでさえ、人の欲望を刺激するそれとは少し毛色が違っている。目を引くものではあるけれど、そこかしこに健全さや屈託のなさを感じさせ、ぎらぎらとした人の欲望をむしろゆるりと萎《な》えさせる。あくびをしている猫のように、どこかのどかで牧歌的だ。

そのパン屋は、そんな駅から少し離れた、住宅街の手前あたりにポツンとある。

店の前に掲げられた薄いクリーム色の看板には、「Boulangerie Kurebayashi」と記されている。ブランジェリークレバヤシ、フランス語でパン屋クレバヤシという意味だ。半月ほど前、そのパン屋はオープンした。営業時間は、午後二十三時から午前二十九時。真夜中の間だけ、開くパン屋であるらしい。

店の明かりはごく控えめだ。黒い画用紙の上にスポイトで光の粒を落としたようなささやかさだ。だから多くの人々は、その明かりに誘われ店を目に留めるのではない。その香りに、思わず足を止めてしまうのだ。ほの甘い小麦と砂糖、そしてバターが焦げていくこうばしい香り。店の前には静かな夜とともに、それらがふんわりと佇《たたず》んでいる。

においにつられてドアをくぐれば、眩《まぶ》しいようなパンの数々が目に飛び込んでくる。入り口脇の棚に並べられているのは、三種類のフランスパン。バゲット、バタール、フィセル。どれも綺麗なはしばみ色に焼き上げられていて、それぞれのクープの切れ具合も美しい。そしてその傍《かたわ》らには、ライ麦パンや、食パンの数々。切り揃えられた断面は、一様にきめが細かく滑《なめ》らかだ。シンプルなそれらのパンを彩《いろど》るように、店の左手の棚にずらりと並べられているのは、スイートブレッドや調理パン、ペストリーの類《たぐ》い。アンパンにメロンパン、シナモンロール、ハムと卵のサンドウィッチにサーモンサンド、カレーパン、ダークチェリーデニッシュ、桃のブリオッシュ、オランジェやバトンフリュイ、クロワッサンオザマンド、フランボワーズデニッシュ等々。色鮮やかなそれらは、レジへと進む人を圧倒するように陳列されている。

店員は二名。ひとりは、白いコックスーツを着た男だ。年の頃は三十代後半といったところか。縁なしの眼鏡《めがね》をかけた彼は、薄く無精ひげを生やしている。上背はあるが少し猫背。口角はやや上がり気味で、そのせいか、柔和な雰囲気を漂わせている。

レジカウンターに立つ彼の主な仕事は接客らしく、ほとんどひとりで客の応対をこなしている。来店者はまだ多くもないが、閑古鳥《かんこどり》が鳴くほどでもない。一度パンを買っていった客は、着々とリピーターにもなっている。営業時間帯のせいか、酔っ払いや無法者も時おりやって来るが、白ひげ眼鏡は臆することなく、彼らにも笑顔を向け声をかけていく。その様子は泰然としていて、ずいぶんと腹が据わった男のようにも見える。見えるが、ただ単に鈍感なだけかも知れない。

もうひとりの店員は、特別にあつらえたとしか思えない、墨色のコックスーツを着た若い男だ。無表情な顔は、しかしひどく整っている。体の線も細く、肌など女性のそれのようにすべすべして見える。それでも彼は、いくつもの小麦袋や大鍋をひょいと持ち上げ、厨房内を軽やかに行き来する。細くしなやかな手で、事も無げにパン生地を捏《こ》ねあげ、生地が発酵《はっこう》すれば次々とパンの成形をしていく。熱いオーブンに手を伸ばす時でさえ、表情はあくまで涼しげだ。どの瞬間も、一枚の絵画になりそうな風情の男である。

その姿をおがもうと、二度三度と来店する客もちらほらいるほどだ。

そんなわけで、オープン間もないわりに、ブランジェリークレバヤシはそこそこ繁盛している。店のオーナーである白ひげ眼鏡は、売り上げ計算をするたびほくほくの笑顔を浮かべる。この調子なら、無難な健全経営が適いそうだ。

一方の黒スーツは、白ひげ眼鏡の売り上げ報告を聞くたび顔をしかめる。

「まだダメだ。そこそこじゃ、全然足らない。俺のパンは、そこそこ止まりのパンじゃねーし。もっと販路を拡大して、目指すは二号店三号店だ。ひとりでも多くの人間が、少しでも多くの頻度で、俺のパンを食うべきなんだから――」

とにかく自信家なのだ。そんな彼の言葉を受け、白ひげ眼鏡は笑顔で返す。

「――そやなぁ」

天然なのか本気なのか、彼の語り口は、時おり世界規模へと広がっていく。

「うまいパンが、全人類に行き渡りますように、やな」

そんな、全人類にうまいパンをと標榜するブランジェリークレバヤシに、思いがけない不穏がやって来たのは、まだ肌寒いエイプリルフールの夜のことだった。

その日、白ひげ眼鏡と黒コックスーツは、いつも通りの夕刻頃、おのおの店へと出勤した。取り立ててなんの違和感も胸騒ぎも覚えることなく、淡々とそれぞれの仕事に取りかかった。開店時刻の二十三時ちょうどに、普段と変わらず店をオープンさせた。異変が起こったのは、その直後だ。

「――ごめんください」

力任せといった感じで勢いよく開けられたドアから、不機嫌面を下げた女が姿を現したのだ。まるで春の嵐のようだったと、のちに白ひげ眼鏡は回想したほどだ。

「ここに、暮林美和子《くればやしみわこ》って人、います？」

まだ高校生らしい彼女は、制服を着たままだった。こんな時間にそんな格好で外をうろついたら、補導されてしまうだろうにと思いつつ、白ひげ眼鏡は返事をした。

「暮林美和子は、私の妻ですけども？」

白ひげ眼鏡、もとい暮林陽介《ようすけ》は、レジカウンターに立ったままそう答えた。すると彼女は、暮林を睨みつけるようにしつつ首を傾《かし》げた。

「……暮林美和子さんの旦那さんは、海外勤務のサラリーマンのはずじゃ……？」

その疑問に答えたのは、黒スーツ、もとい柳弘基《やなぎひろき》だった。ちょうど厨房から、焼きたてのパンを運んできていた彼は、興味深そうに少女を見つめ口を開いた。

「それは昔の話。今はこの人、俺の弟子《でし》やってんだ。この店の、オーナー兼、ブランジェ見習い」

弘基の返答に、女子高生はわずかばかりの戸惑いを浮かべる。眉根を寄せ、話が違うじゃんと、聞こえるか聞こえないかほどの声で呟《つぶや》く。そんな彼女の様子に、暮林と弘基は顔を見合わせる。お互い、思い当たるふしはないと、表情だけで即座に語らう。

女子高生はしばらく何やら逡巡したのち、ふいに意を決した様子で、木張りの床を踏み鳴らしながら暮林の目の前まで歩いて来た。歩いて来て、肩から下げていたボストンバッグを、カウンターの上にどんと置いた。

「はじめまして。私、篠崎希実《しのざきのぞみ》と言います」

仏頂面《ぶっちょうづら》のまま自己紹介する希実を前に、暮林は笑顔で返す。

「こちらこそ、はじめまして。私は、暮林陽介です。美和子の夫の」

暮林の挨拶に、希実はさらに不愉快そうな表情を浮かべる。箸《はし》が転がっても、腹を立てそうな勢いだと、暮林は思う。

「……暮林さん、奥さんから、何か聞いてませんか？」

「何かって？」

「私の、名前とか」

「シノザキ、ノゾミちゃん？」

「はい。聞いてませんか？」

暮林は、しばらく何か思い出そうとするように、腕を組み目をつむりうーんと宙を仰《あお》ぐ。しかしすぐに、何も思い出せなかった様子で、へらっと笑顔に戻り答えた。

「……覚えが、ないなぁ。美和子の……友達って、年でもないわな？」

すると希実は、挑むような眼差しを向け、唐突《とうとつ》に言い出した。

「私、暮林美和子さんの、妹なんです」

「は？」

「妹なんです。腹違いですけど」

その告白が、中々に思いがけなかったものらしく、暮林と弘基はポカンと口を開ける。

「……イモウト？」

「ハラチガイ……？」

片言のように言う二人を前に、希実は立て板に水のごとく続けた。

「実は、色々と諸事情がありまして、しばらくこちらでお世話になりたく伺いました。夜分に押しかけて申し訳ないんですが、姉に会わせていただけませんか？」

店をオープンさせてほぼ半月。篠崎希実は、平穏なブランジェリークレバヤシに混ぜ込まれた、初めての不安材料だった。

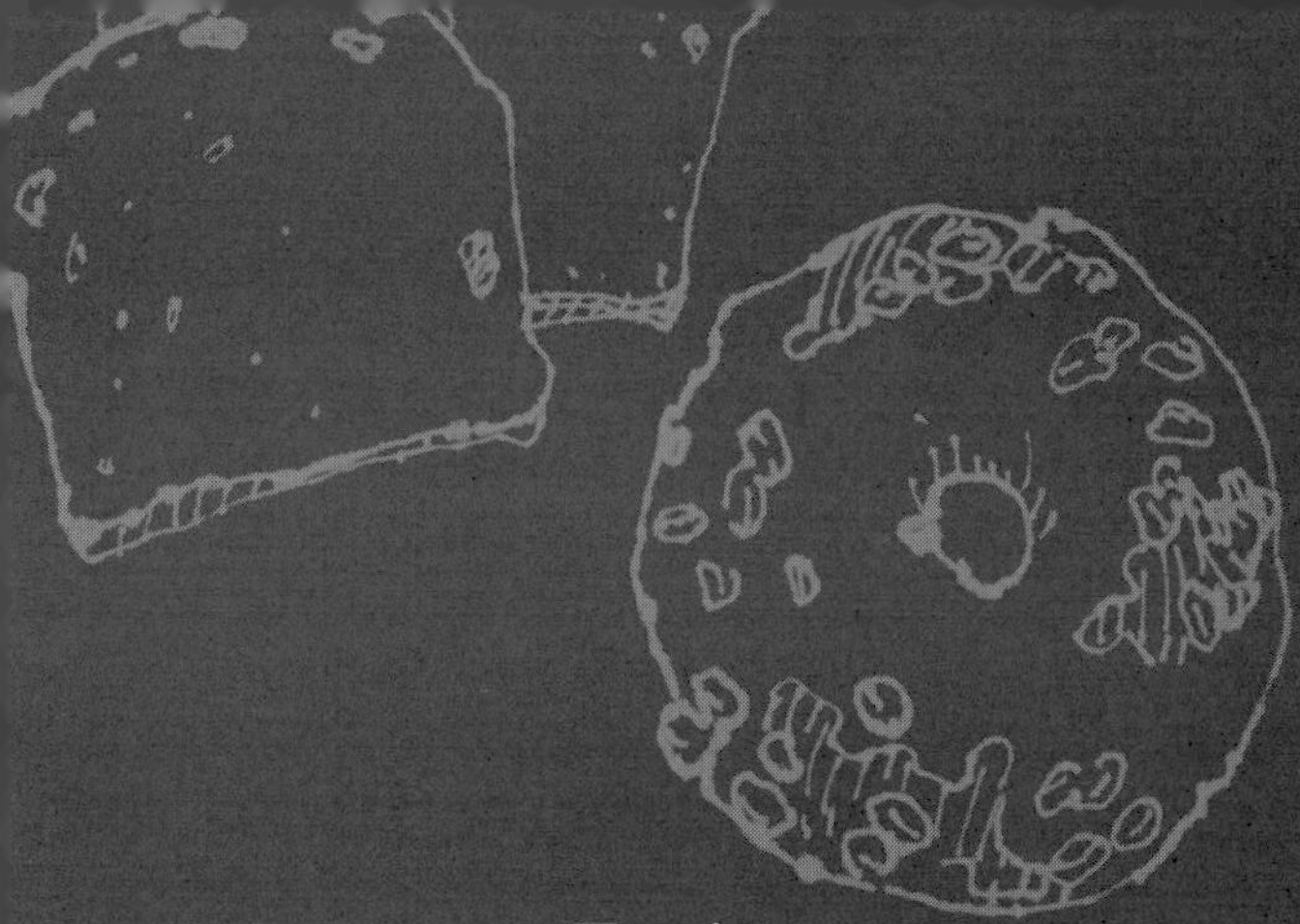

Fraisage

——材料を混ぜ合わせる——

篠崎希実は、いつも腹が立っている。電車が混んでいることにも、信号が赤くなることにも腹が立つ。おかしくもないのに口角が上がっている自分の顔立ちにも、髪をいつも切り過ぎてしまう自分の性質《たち》にも腹が立つ。空が青いことにも、太陽が眩しいことにも、咲いた花が美しいことにも腹が立つ。

だから幼馴染《おさななじみ》の三木《みき》涼香《すずか》に言われた時も、もちろん腹が立った。

「希実のお母さんて、カッコウみたいだよね」

中学二年になって少し経った頃のことだ。

「カッコウってね、他の鳥の巣に自分の卵を産んで、自分は子供を育てないんだって。托卵《たくらん》ていうの。希実のお母さんも、なんかそんな感じじゃない？」

涼香は嬉しそうに、そう説明した。微笑《ほほえ》んだ頬にはうっすらとうぶ毛が生えていて、桃のように愛くるしかった。そんな頬のうぶ毛を、一息にむしり取ってやりたい衝動に希実はかられた。つまりそれほどにムカついたのだ。それでもどうにか、たぎる怒りを腹の中に隠し、努めてさらりと返してやった。

「ああ、確かに。うちの母親って、育児は基本人任せだからね」

あんまりあっさりと答えたので、涼香はあからさまに面白くなさそうな表情を浮かべた。ザマーミロと、希実は思った。希実にはわかっていたのだ。涼香が自分を、傷つけようとしていたことを。だから希実は、涼香の嫌味をとりあえず肯定した。肯定して、一段高みに立ち言ってみせた。

「だけど、そんなのどうでもいいんじゃない？　子供がまともに育ってるんなら、育て方なんてどうだって。親がどうとか、ガキじゃあるまいし」

実に中学生らしい攻防だったなと、希実は時おりその時のことを思い出す。あの頃は、私もまだまだ青かった。私を傷つけようとする涼香に、それなりの対抗心を燃やしていたのだ。でも今は、そんな面倒なことはしない。相手にするのも馬鹿らしい。涼香とはけっきょく同じ高校に進んでしまったが、今では彼女が何を仕掛けてきても、折り目正しく無視を決め込んでいる。

その一方で希実は、涼香に言い放った通り、カッコウな母に育てられたにもかかわらず、比較的まともに育った。まともに育つことは、希実の意地でもあったからだ。中学校は皆勤賞だったし、高校だって公立上位の学校に入学できた。そこでの成績は中の中程度だから、東大などにはまず行けないだろうが、首都圏の国立大になら、どこかしらに滑り込めるだろうと思っている。学費が捻出出来るかはきわどいところだが、奨学金を受けてでも進学してやるつもりでいる。

学歴社会は終わったと言うが、希実はそこにもこだわっている。学歴で何かからはじかれるのはまっぴらだし、物を知らないことを他人に笑われるのもごめんだ。何より平生から、母が言っているのだ。

「学校で学べることなんて、なーんにもないわよ。あんなとこ、行くだけムダムダ」

母の言うことには、逆らわなくてはならない。希実にとって、母は絶対的な反面教師なのだ。

希実の母は、片田舎《かたいなか》の漁師町で生まれ育った。親や親族の多くが教育関係者であるという、比較的お堅い環境にあったらしい。にもかかわらず母は、親や親類一同の顔に散々泥を塗る勢いで、髪を金髪に染めたり、盗んだバイクであちこち走り回ったり、眉毛のない少年たちと半端な駆け落ちを繰り返したりと、目に余る少女時代を過ごした挙句、中学を卒業するや家出同然で上京してしまったのだという。そしてそれから五年ののち、大きなお腹を抱え帰郷した。そのお腹の中にいたのが希実だった。

父親の名前を明かさないまま母は希実を産み、行く先を告げないまま希実を置き去りにし、再び姿を消してしまったそうだ。まさに托卵。だから希実は母の顔を知らないまま、祖父母の手によって六歳まで育てられた。そして小学校にあがる間際、突然現れた母に、あたしがあなたのお母さんよと告げられ、そのまま東京へと連れていかれたのだ。

聞くところによるとそれは、祖母に断じられたためらしい。

「本来は、あなたがこの子を育てるべきなんです」

希実をほったらかし、東京でひとり暮らしていた母を探し当てた祖母は、彼女のアパートに押しかけ詰め寄り言ったのだという。

「どんなクズでも、子供を産んだら母親なんだから、ちょっとは自覚を持ちなさい。このまま放っておいたら、この子もいずれあなたと同じクズになりますよ？」

それで母は、何らかの自覚を新たにしたのだろう。ごくすみやかに、希実を引き取り母娘二人で暮らすようになった。しかしさりとてカッコウはカッコウ。けっきょく彼女は、祖父母以外のあちこちのお宅に、希実を預けるようになっただけだった。もちろん、年単位、月単位といった長期間ではなかったが、短ければ半日、長ければ十日ほど、希実は知らない大人の元で暮らすことを余儀なくされた。

母が希実を託す相手は、勤め先のスナックのママさんだったり同僚だったりボーイだったり、あるいは飲み屋で同席した商店街の店主たちだったり、救急病院で知り合った看護師さんだったり、本屋で同じ雑誌を手に取ったＯＬさんだったり、実に誰彼構わずといった面子《メンツ》だった。おかげでずいぶん嫌な目にもあった。スナックの同僚にはベランダに締め出されたし、ボーイには幾度となく小突き回された。それでも母の托卵は、徐々に進歩していった。託す相手がだんだんと、希実を好意的に受け入れてくれる層へと変化していったのだ。希実が中学に進学した頃には、ほとんど全ての托卵先が、彼女を温く迎え入れてくれた。ごく自然に、半ば面白がるように、希実との日々を過ごしてくれた。つまり母は、実に優秀なカッコウになっていたのだ。誰にどのように希実を託せばいいのか、何から何までわかっているようだった。

とはいえそんな托卵も、このところしばらくなりを潜《ひそ》めていた。二年前、祖父母が相次いで亡くなってからその頻度が減り、希実が高校に進学して以降は一度も行われていなかった。だから希実は思い込んでしまっていた。両親の死により、母も少しは大人になったのだろうと。娘の成長により、自《みず》らも大人にならなければと自覚したのだろうと。いつまでも恋だ愛だとさえずって、娘をほったらかしたまま男の元へと飛んで行く、愚《おろ》かなカッコウでいる場合ではないと。

しかしそれは、甘過ぎる観測だった。カッコウの本能をあなどっていた。大人だとか自覚だとか、そんなことは関係ないのだ。関係なくカッコウは、托卵をする。

エイプリルフールの朝のことだった。春休み中だった希実は、昼前頃に目を覚まし自分の部屋を出た。希実の家は古い2DKのコーポで、その時間に居間へと向かえば、仕事先のスナックから酔って帰ったまま、床の上で寝入ってしまっている母の姿が見られるのが常だった。

しかしその日、居間に母の姿はなかった。昼帰りすらままならなかったのかと思った希実は、平生のように台所へと向かい冷蔵庫の牛乳を飲みはじめた。流し台の前に立ち、牛乳パックから直にごくごくとやった。その時初めて異変を感じた。

牛乳を飲むのをやめ、ふとキッチン脇の玄関を見やると、そこには希実のローファーだけがポツンと置かれていた。普段乱雑に並べられている、母のハイヒール群が消えていた。

嫌な予感を覚えた希実は、牛乳パックを流し台に置いて母の部屋へと向かった。そしてスパンと、部屋のふすまを開けてみた。

案の定、母の部屋はもぬけの殻《から》になっていた。乱雑に洋服がかけられていた衣装ラックもなく、ごちゃごちゃと化粧品が並べられていた鏡台もなく、ピンクと紫のシーツで彩られた万年床も消えていた。そして畳の上に、大小の封筒だけがちょこんと置かれていたのだった。

大のほうには、母からの手紙と、預金通帳、そのキャッシュカード、あとは保険証が入っていた。手紙は、実にお気楽な内容のものだった。

「のぞみんへ
おはよう！　びっくりした？　びっくりしたよね〜？　ごめんね。ハハは、ちょっと旅に出ます。長旅になりそうなので、荷物もぜんぶ整理しちゃった。部屋も、カイヤクしちゃったから、のぞみんも今日中に、出て行ってください。部屋に残ったものは、大家さんがショブンすることになってるから、大事なものはちゃんと持っていくようにね☆　預金ツーチョーのお金は、のぞみんのガクヒと、晴れ着代ね。高校卒業と成人式は、ハハのギムと思って、フンパツして残していきます。

あ！　それと、のぞみんの新しいおうちは、のぞみんの、お姉ちゃんのおたくでーす！　びっくりした？　なんとのぞみんには、お姉ちゃんがいたのです。ハラチガイだけど、いい人っぽいから。年は、のぞみんの二十歳くらい上。てゆうか、ハハと同い年。アハハ。もうケッコンもしてて、世田谷の高級ジュータクガイに住んでるマダムみたい。ダンナさんは、海外キンムのエリートサラリーマンだって。きっとお金持ちだよ〜。のぞみん、セレブの仲間入りかも〜。

お姉さんの住所は、もう一通の手紙に書かれたとおりの場所です。のぞみん、ひとりで行けるよね？　じゃ、また会う日まで、元気でね！

ハハより」

最初は、冗談かと思った。エイプリルフールのいたずらかと疑った。しかしすぐに、どうやら本当らしいと思い至った。大家の婆さんがやって来て、翌朝にはハウスクリーニングの業者が来るから、ちゃんと今日中に出て行ってくれと言い置かれてしまったからだ。それで希実は、いよいよ悟った。ああ、また母の病気がはじまったのだ、と。おおかた付き合っていた男のどれかと、暮らしはじめるのであろう。

ショックはなかった。怒りも大して沸いてこなかった。母という人は、まあこういう人であると、長年の付き合いですでに重々承知していたからだ。

それにしても、腹違いの姉とは。何を言っているんだろうと鼻白んでしまった。私に、そんな姉がいるわけはない。いるのは腹違いの兄と弟だ。母は隠し果せているつもりのようだが、高一の頃に知り得てしまった。戸籍に父の名が記されていたのがいけなかった。おかげで希実は、どうにか彼を探し当ててしまったのだ。

会いたいと連絡したら強く拒否され、仕方なく家だけ見に行った。そこは郊外の一軒家で、父は妻と息子に囲まれ、幸せそうにあごで使われていた。その瞬間、希実は父親を心から切り捨てた。あんなつまらない男なんて、私の人生には必要ない。私はあの女の、カッコウの娘。その事実だけでもう充分。父親なんて、いなくていい。

それにしても驚くべきは、カッコウの母だ。いったいどこのお人よしを騙くらかして、私を腹違いの妹なんてものに仕立てあげたんだろう。まあ、托卵される巣の親など、誰しもひどいお人よしには違いがないが。それにしても、思い切った嘘をついたものだ。

そんなふうに妙な感心をしつつ、しかし希実はすぐに必要な荷物をボストンバッグに詰めにかかった。かさばる冬の衣類やら布団やらは、一晩だけお願いしますと大家さんの家に置かせてもらった。家を出る支度を終えたのは、夜の九時過ぎだった。すっかり日は暮れていたが、まあまあ素早い対処が出来たなと、希実は思った。そしてそのまま、大人しくもう一通の手紙に書かれた住所へと向かった。それは、腹違いの姉なる人物が母に宛てて書いたものだった。

手紙の中身は、その道中でざっと読んだ。どうやら彼女は、カッコウの嘘にまんまと騙されているようだった。「篠崎さんからのお知らせ、突然のことで驚きましたが……」「父はすでに他界しておりまして……」「けれど妹がいてくれたという事実は、私にとって嬉しい知らせでした」「もし私に出来ることがあるようなら力になりたく……」「広い家ではありませんが、我が家に住んでもらうことも出来ると……」手紙には綺麗な文字で、そんな美しい言葉が綴《つづ》られていた。なんて善良な人なんだろうと、希実は思った。いったいどんな育ち方をしたら、こんなにも猜疑心のない心清らかな人間になれるんだろう。

消印を確認すると、半年ほど前の日付が記されていた。つまり母は半年も前に、この女性とこのやり取りを済ませていたということだ。半年も前から、托卵先の準備をしていたということだ。これはもう托卵の集大成だなと、希実は呆れつつも感心してしまった。人間の母親としてはどうかと思うが、カッコウの母としては徹底している。娘を他人に預けるためなら、地道に計画も立てるし貯金もするし大嘘もつく。大したものだ。

電車をいくつか乗り継いで、希実は姉なる人物が住むその駅へと降り立った。そして辿り着いたのが、ブランジェリークレバヤシだった。特に高級とも思えない住宅街に、そのパン屋はあった。建物自体は古めかしかったが、店構えはまだ新しいもののように感じられた。民家を改造して作ったパン屋のようにも見える。どうして姉の住所にパン屋があるのか判然としないまま、希実はとりあえず店のドアを開けてみた。

店の中にいたのは二人の男で、そのうちのひとりが姉なる女の夫だと自ら名乗った。もちろん希実は、話が違うと首を傾げた。彼女の旦那さんは、海外勤務じゃなかったのか。エリートサラリーマンじゃなかったのか。

それでもとにかく、暮林美和子なる人物に会えばなんとかなるだろうと、希実は彼女との面会を求めた。カッコウの母が、これと決めた托卵相手だ。彼女に会えれば、万事丸く収まっていくだろう。

しかしそんな希実の楽観は、あっさりと覆《くつがえ》された。

「――会わせてやりたいのは、山々やけど……」

夫を名乗った男が、思いがけない事実を口にしたのだ。

「美和子な、亡くなったんや。半年ほど前に」

完璧なカッコウだったはずの母が、最後の最後にミスをした。託すべき相手が、死んでしまっていたなんて。どうなってんのよ。どうすればいいのよ、カッコウめ。おびただしいほどのパンに囲まれながら、希実は怒りに震えつつ、半ば途方に暮れていた。

＊＊＊

半年ほど前のよく晴れた日、妻は亡くなったのだと暮林は説明した。

「遅くに来た台風が、雲を全部連れてって、えらいよう晴れとったらしいわ」

姉なる人物はその空を、高台の歩道から眺めていたのだそうだ。空を眺めるのが、彼女の数少ない趣味の一つだったんだとか。雲ひとつない青空には、台風が残していった風がずいぶんと強く吹いていたのだという。砂埃や白いコンビニのレジ袋が、空のあちこちで舞っていたらしい。ビルの窓や看板も、がたがたときしみ揺れていたのだろう。

「とにかく強い風で——。飛ばされたトタン屋根が、美和子に落ちてきてな。即死やったっていうで、痛みもなんもないまま逝《い》けたんやとは思うけど」

そんな理由で、死んじゃう人っているんだ。希実がそう思っていると、暮林の傍らにいた弘基が口を挟んだ。

「いい人間ほど、神様に早く呼ばれるっていうからな。美和子さんも、きっとそうだったんだろ。それか、あれだ。美人薄命」

その言葉を受けて、希実はテーブルの上に置かれた手紙を見やった。姉なる人物の命日は、手紙に刻印してある投函日の翌日だったらしい。つまり彼女は、台風の中わざわざ手紙を出しに行ったということだ。神様が早くに呼んだ、いい人間。まあ確かにそうなのかも知れないと、希実は納得する。そしてそういう人間だから、人のいい旦那と結ばれたのかも知れない。

「しかし、美和子に妹がおったとはなぁ」

眩しいものを見るような目で、暮林が言う。暮林は、美和子の妹だと名乗った希実を、少しも疑うことなくイートイン席へと招いてくれた。パンは食べるか、コーヒーも飲むか、カフェオレならどうだ、夜も遅いから牛乳にしておくかと、あれこれ訊《き》いてきた。

そして手紙をざっと読むなり、希実が多くを語る前に早々《はやばや》と切り出した。

「ここの二階は、美和子が使っとった居住スペースなんや。今は誰も使っとらんで、行くとこがないんやったら、ここにおったらええわ」

もっと怪しまれたりすると思ってたのにと、希実は内心驚いていた。少なくとも、戸惑われたり迷惑がられたりはするだろうと覚悟していたのに、暮林の鷹揚《おうよう》さは肩透かしもいいところだった。なんというか、絵に描いたような善人ぶり。エリートサラリーマンでも金持ちでもなさそうだが、危害を加えてくる様子は微塵《みじん》もない。高校はどこなんだとか、だったら表参道で銀座線乗り換えだとか、学年は何年生だとか、それで受験は考えているのかとか、あれこれ楽しそうに尋ねてくるばかり。

そうこうしている間に、二人組の酔っ払い客がやって来た。すると暮林は、

「店番は俺がやるで。とりあえず弘基、希実ちゃんを部屋に案内してやってくれ」

と、満面の笑みを残し、客のほうへと向かって行った。いらっしゃいませ。焼きたてなのは、クリームパンとメロンパンです。ああ、酒のしめを。なら、カレーパンどうです? うちのはさらさら〜っといけますよ。カレーパンは、汁物みたいなもんですから。

酔っ払い相手に無茶を言う暮林を横目に、希実は弘基に促され、厨房の奥にある階段を上りはじめた。階段を上りながら弘基は、俺だって仕事あんのによとブツブツ言っていたが、希実は舌打ちしたい気持ちを抑え、黙ってあとを着いて行った。何しろ出会っ

てまだ数十分。この段で悪態をつくのはあまり得策とは思えない。

パン屋の二階は、暮林が言っていた通り、古めかしい普通の住宅だった。白い土壁に木枠の窓、茶色い板張りの廊下に、部屋へと続くらしいふすまが右と左に一つずつ。左手の廊下の行き止まりには、ガラス窓の付いた木の引き戸。

「美和子さんが使ってた部屋と、物置があるけど。どっち使う？」

階段を上がるなり、弘基にそう訊かれた希実は、一瞬悩んで、物置と答えた。すると弘基は、謙虚でけっこうと頷き、左側の廊下のふすまを開けた。そして勝手知ったるといった様子で室内へ入るなり、戸口の電気のスイッチをパチンと押した。

すると天井からぶら下がった裸電球が灯って、部屋が明るくなった。そこは四畳ほどの、物置という割りには物のない、がらんとした部屋だった。入り口の反対側には薄いカーテンの引かれた窓があって、左手には押入れらしいふすまがある。右手には、大小二つの本棚が置かれている。ここが新しい巣かと思いながら、希実は巣の主についても尋ねておく。

「あ、姉……の旦那さんは、ここには住んでないんですか？」

「ああ。クレさんは、ここからすぐのアパート住まい」

「……なんで？　うちはここなのに」

「あの人、美和子さんが亡くなるまで、ずっと海外に赴任してたからさ。彼女が亡くなって、久方ぶりに日本に戻って来たはいいけど、海外生活での荷物が多過ぎてこの家には入りきらないんだと。それで近場にアパート借りて、そこに住んでる」

ということは、本当に海外赴任のサラリーマンだったのか。なんだかあんまりピンとこないなと訝《いぶか》りつつ、希実はさらに疑問をぶつける。

「……ここのパン屋は、いつから？」

「オープンして半月ってとこかな」

「二人で、はじめたんですか？」

「声をかけてきたのはクレさんで、俺がそれに乗った感じ」

「……暮林さんて、パン屋の経験があったんですか？」

「なかったけど、俺に弟子入りして習いたいっていうから。でもあの人、センスないんだよな。あの調子じゃ、売りもんになるパンは中々作れねーだろうな」

「……へえ」

そんな人が、なんだってパン屋なんかをはじめたんだろう。心の中で首をひねる希実をよそに、弘基はボストンバッグを床に置きつつ部屋を見回す。

「この部屋、布団ねーんだよな。美和子さんの部屋から持ってくるか」

そう言われ、希実は首を振る。

「いいです。今日は、たぶん寝れないと思うし。自分の布団、アパートの大家さんに預けてあるんで。明日、朝イチで取りに行きますから」

希実のそんな答えに、弘基は片方の口の端《はし》を上げ笑って言う。

「ずいぶんソツがないんだな」

「慣れてるんで、こういうの」

「慣れ?」

「今までも、けっこうあちこちに預けられてきたんです」

「へぇ。そりゃまた、ひでー親を持ったようで」

「別に。親なんて、こんなもんですよ」

さらりと希実が言ってのけると、弘基はふうんとまた笑った。笑っているはずなのに、人を寄せ付けないような冷たさがある。顔が無駄に整っているからかなと、希実は思う。

「トイレと風呂は廊下の突き当たりだから、適当に使って。台所や居間は、もともと一階にあったんだけど、ご覧の通りパン屋に改造しちゃってっから。メシはパン屋の厨房で、だな」

「……はあ」

「んじゃ、俺らは明け方頃まで一階にいるから。なんかあったら声かけて」

その言葉に、希実は少し驚き返す。

「もしかして、明け方まで働くんですか？」

すると弘基はにやっと笑い、ピースサインをしてみせた。

「うちは、真夜中のパン屋なんだよ」

なんだそりゃと希実が思っていると、弘基は、ヤベ、もう二次発酵が終わる時間だと小さく叫び、急いで一階へと戻って行った。

「……ヘンな、パン屋」

弘基を見送り、希実はひとりごちた。そしてボストンバッグを部屋の隅に置き、それを椅子代わりにして腰掛けてみた。

「……ああ、疲れた」

小さく呟いて、スカートのポケットから携帯を取り出し時間を確認した。液晶ディスプレイには、二十三時五十七分と表示されていた。あと三分で、エイプリルフールが終わるんだなと、希実は息をつく。それにしても本当に、冗談みたいな一日だった。

部屋の隅のコンセントを探し出し、さっさと携帯の充電をはじめる。二年ほど前に解約してしまった彼女の携帯は、時計としての機能しか果たしていないが、時計を持っていない希実にとっては、それなりに意味をなす存在だ。

椅子代わりにしていたボストンバッグを、今度は枕代わりにして床に横たわる。木目の床は、思っていたより冷たくなかった。階下に厨房があるせいだろうか。そんなことを思いながら、希実は体を丸める。さっきからずっと、甘いにおいがしている。あちこちに預けられてきた希実は、色んな家のにおいを知っている。知っているが、こんなにおいの家は初めてだ。パン屋の家って、こんなにおいがするんだなと、鼻をくんくんさせながら思う。甘くてこうばしい、焼きたてのパンのにおい。久々の托卵で、少しばかり張っていた気持ちが少し和らぐ。悪くないにおいだ。

目を閉じると、階下の音が聞こえてきた。ウーンというモーター音や、カタカタと金属があたる音。ピピピと小さく鳴いているのはタイマーだろうか。これが新しい巣の音か。確認するように希実は耳をすまし、そのまま眠りに落ちてしまった。


カッコウのひなは、産みつけられた巣の中で一番早くに孵化《ふか》をして、残りの卵を全部巣から落としてしまう。より確実にえさを得て、そこで育っていくためだ。

鳥類図鑑でその生態を知った時、希実は思った。涼香だったら、ずるーいとか、ひどーいとか、言うんだろうな。人間だって、どうせ似たようなことをやっているのに、あの子はいつも綺麗事ばかり言う。誰も踏みつけないで立っていられる人なんて、きっとどこにもいないだろうに。あの子は自分が誰かを踏みつけているなんて、想像したこともないんだろう。

他人の巣に産みつけられたカッコウのひなは、孤立無援だ。親鳥がひなを大切にするのは、それが自分の子供であるからなのに、その前提がない巣の中で彼らは孵化してしまうのだ。周りにいるのは騙すべき親鳥と、競争相手の邪魔なひなだけ。そんな中で、ずるいもひどいもあったもんじゃない。ただ生き抜くためだけに、カッコウたちは生きるのだ。

祖父母の元に托卵されていた頃の希実も、まさにそんなカッコウのひなだった。祖父母の家には叔父夫婦も住まっていて、そこには一男一女の従兄妹《いとこ》たちもいた。大時代的な思考の持ち主である祖父は、孫の教育にもめっぽう厳しく、何かにつけて拳を振り下ろしていた。目つきが悪いだとか口元が笑っているだとか、今考えれば言いがかりとしか思えないようなことも理由にして、ずいぶんと殴られ足蹴にもされた。特に唯一の男孫である従兄妹の正嗣《まさし》には、より厳しい躾《しつけ》がなされていた。そしてそんな正嗣の苛立ちは、常に希実へと向けられたのだった。祖父母や親にばれないように、彼は希実を小突いてつねって自らの怒りを静めていた。おそらく正嗣は、誰を攻撃すればいいのか本能的に知っていたのだろう。しょせん家族ではない希実は、うってつけの存在だったというわけだ。姑息で小心な男だと、今思い出してもムカムカする。

しかしその妹の沙耶《さや》に、仲間はずれにされていたことのほうが、実はよっぽど腹立たしい。沙耶はいつも一緒に遊ぼうと誘っておいて、その場に希実が現れると必ず無視をした。あるいは他の女の子たちと一緒になって、囁き合ってはクスクス笑って言ってきた。希実ちゃんは、邪魔な子なんだよ。いらない子なのに、なんでうちにいるの？　なんで生まれてきたの？　どっか行けよ、ブースブース。群れをなしてそんなふうに、嬉しそうにさえずって回る。その声を聞きながら、希実はいつも思っていた。バカじゃないの、この子たち。あんたたちは、邪魔じゃないの？　本当にいる子なの？　何も出来ないただのガキのクセに、なんでそんなに偉そうなの？

それでも希実は、仲間はずれにされている事実を、絶対に口に出さなかった。正嗣からの嫌がらせも、大人には気取られないよう努めていた。親鳥に疎《うと》まれることは、極力避けて通りたかったからだ。生き抜くために必要なら、いくらだって口をつぐんだ。そして心の中だけで、邪魔なひなたちに呪詛の言葉を投げつけた。あんたたちだって、どの道いらない人間だよ。消えちゃえ、バーカバーカ。

新しい巣に行くたび、希実は子供時代の夢を見る。ぶたれた時の頬の痛みや、背を向け笑われた時のざらりと血の気が引く感覚。目覚めるとそれらの余韻《よいん》が薄く体に残っていて、夢を見ていたことをぼんやりと思い出す。

　ブランジェリークレバヤシで、初めて起きた朝もそうだった。ぎゅっと食いしばっていた歯に、鈍い痛みがあった。それで、ああと気付いたのだ。やっぱり今回も、昔の夢を見てたのか。

　寝ないつもりでいたはずなのに、あんがいぐっすりいってしまったようだった。窓のカーテンは眩しいような光を含んでいた。外からはバイクが走る音が聞こえてくる。体を起こすと、背骨がきしんだ。どうやらおかしな体勢で、寝入ってしまっていたらしい。体の上には、赤い布がかけられていた。

「……何？　これ」

　暮林がかけてくれた毛布か何かかと思ったが、よくよく見るとそれは弘基のエプロンだった。

「どうしよ……」

　営業は朝までだと言っていたから、もう二人とも帰ってしまったかも知れない。そう思いつつも階段を下りてみると、そこにはまだ弘基の姿があった。

「お、起きたか」

私服に着替えた弘基は、ひとりでカレーを食べていた。なんのてらいもなさそうに羽織っている彼のパーカーは、ピンク地に緑の水玉模様をしていた。アフリカあたりの毒キノコみたいだ。寝起きの頭で希実がぼんやり思っていると、弘基は調理コンロの傍らに置かれた器を見やり言った。

「お前のもあるから、さっさと食え。食ったら出かけるからな」

その言葉に、希実はきょとんと訊き返す。

「……出かけるって、どこに？」

すると弘基は、食べ終わったカレーの器を流し台に置き、水道の蛇口をひねり答えた。

「布団を取りに行くんだよ。あとは必要なものの買い出しだってさ」

「……もしかして、私の？」

「そう、お前の。やたらクレさんが張り切ってんだよ」

「……どうして？」

「そりゃ、お前が美和子さんの妹だからだろ。美和子さんが、力になりたいって手紙に書いて残してたんだ。その意思をちゃんと引き継ぎたいってことじゃねーの？」

「……ああ」

「つっても俺らは夕方からまた仕事だから、午前中には終わらせるからな。ほら、早く食え。食って出かける支度をしろ」

まあ確かに、まずは巣作りしなきゃだよな。そう納得した希実は、言われるがままにカレーを片付け、大急ぎで出かける準備をした。といっても、けっきょく制服を着たままだったのだが。どちらかといえばものぐさな性質で、かつ倹約家でもある希実にとって、制服は部屋着にも私服にもなるオールラウンドな一張羅なのだ。

店を出ると、暮林が白いワゴン車の前に立っていた。

「おはよう、希実ちゃん」

暮林の装いは白いシャツにカーキ色のチノパンという穏便なもので、希実はほっと安堵の息をついた。毒キノコ二つに挟まれて、買い物をするには勇気がいる。

車の車体には「Boulangerie Kurebayashi」という文字と、店の電話番号が書かれていた。聞けば今後は販路拡大の一環として、パンの配達もはじめるつもりなのだという。

「世間が俺のパンを待ってんのさ」

弘基がそう言うと、暮林も笑って頷く。

「パンは世界を救うでな」

なんだそりゃと思ったが、パン屋の思考ってこういうものなのかなと、とりあえず希実は納得しておいた。

「今日は買い物日和やな」

車のエンジンをかけながら、暮林は歌うように言った。確かにフロントガラスには、晴れ渡る朝の空が映っていた。青空にもムカつく性質の希実ではあるが、今日の苛立ちは引っ込めておいた。厚意を不機嫌で返すほど、腐ったガキではないつもりだ。

弘基の言葉通り、巣作りは正午よりずっと前に終わった。暮林は、布団を取りに向かった大家の婆さんの前で、希実の本当の親族のように振舞った。

一方の弘基は、てきぱきと買い出しを進めていった。女なんだからちゃんとしたシャンプーやらリンスやらが必要だろうと、ドラッグストアであれこれと品定めをしたり、ボディークリームはいらないのかと、いらぬ心配をしてきたり、生理用品は何を使ってるんだと、一ミクロンの照れもなく訊いてきたり、まるでどこぞのおばちゃんのように、あれこれ希実の世話を焼いた。

そうしていったんそれぞれの家に帰った二人が、再びブランジェリークレバヤシにやって来たのは、日が暮れはじめた頃合だった。まずは弘基、続いて暮林。二、三分の誤差で二人はやって来て、それぞれコックスーツに着替えはじめた。白黒に衣装替えした二人は、軽くミーティングをしたのち、各々の仕事に向かう。暮林は店内清掃、弘基はパン製作。まるで長年連れ添った夫婦のように、多くを語らぬまま淡々と互いの仕事をこなしていく。

　希実はそんな二人の様子を、階段の陰からこっそりとうかがっていた。新しい巣に馴染むには、巣の中の暮らしをよく知っておく必要があると考えているからだ。とはいえもちろん、二人の着替えの際には、取り急ぎ顔をそむけておいたのだが。

　朝方は毒キノコに見えた弘基も、黒いコックスーツを着た今は、いかにもプロのパン職人という風情だった。もちろん、服装ばかりが理由ではない。弘基は何種類ものパンを、同時進行で作っていた。おかげであちこちからタイマーが鳴り出すのだが、しかし弘基は少しも慌《あわ》てることなく、全てのタイマーにタイミングよく対応し続ける。そしてそれと同時に、台の上では白い小麦を振りながら、手早く生地を捏ねあげていくのだ。その動きからは、無駄も迷いも感じられなかった。伸ばした生地を転がすようにして丸めたかと思うと、慣れた手つきで白い粉を振る。動きは速いのに、荒さは一切見られない。むしろ優雅ですらある。

　そして暮林はといえば、そんな弘基が焼き上げたパンを、ごく丁寧に受け取って、大事そうに店へと並べはじめるのだった。まるでガラス細工の作品を扱うように、優しく誠実にそっと棚へと置いていく。ひとつパンが並ぶたび、店の中に明かりが灯るように感じられる。

これがパン屋の日常というものなのかと、希実はしばらくその光景に見入ってしまうほどだった。

二十時頃に名前を呼ばれ、厨房に顔を出すと、食事の時間だと言い置かれた。

「夕飯はこの時間だ。このタイミングを逃したら、飯はないものと思え」

ガス台の前に立ったまま、台の上に用意された皿をあごで指し弘基が言う。皿の上にはニンジンのサラダや揚げ物が積まれていた。

「惣菜パンの中身やけど、うまいで。希実ちゃんも早よ食べ」

暮林に促され、希実は皿の前に向かった。すると二人はいただきますと手を合わせ、それが当たり前であるかのように立ったまま食事をはじめた。希実も彼らに倣《なら》って、立ったまま自分の取り分らしい皿を手に取った。ニンジンも揚げ物もあまり好きではないのだが、二人に出会ってまだ二十時間足らず。好き嫌いを口にするのは得策ではない。出来る限り味わうことを控えつつ、希実は用意された食事を飲み込んだ。パンも食べろと勧められたが、すでに胃もたれしていたので、大丈夫ですと辞して自ら洗い物を買って出た。

「夜は毎日こんなふうや。食卓を囲んでってワケにはいかんけど、弘基の料理はどれでもうまいで。朝も今朝みたいな感じで、まかない飯が用意してあるでな。それ食べて学校行けばええわ」

そんな暮林の言葉に、希実は助かりますととりあえず頭を下げた。すると暮林は、目の下にしわを寄せて笑って言った。

「腹が減っとると、気が立つでな。ご飯は抜かずにちゃんと食べ」

夕食後は物置改め自室に戻って、春休みの宿題をこなした。風呂には店が開店する少し前に入った。深夜営業をしているせいか、夜に洗濯機を回しても、特に問題はないようだった。二十四時少し過ぎには、部屋の明かりを消した。階下からは店の音が聞こえてきたが、それほど気にはならなかった。昨日は感じたパンのにおいも、鼻が慣れてしまったせいか、それほど香らなくなってしまった。そうして新しい巣での一日は終わっていった。

ブランジェリークレバヤシでの生活は、そんな初日と同じような、パンを中心として回る一日の繰り返しだった。定休日の木曜日にも、二人は連れ立って店に現れた。暮林はパン作りの修行のため、弘基はパンの試作作製のため、休日返上で働いているらしい。真夜中営業という部分を除けば、実に真っ当で単調で規則的なパン屋である。しかしそのおかげで、暮らしのペースはすぐにつかめた。

新しい巣の中は勝手がよさそうだと、希実はおおむね満足していた。巣の主である暮林は、のほほんとしていて御しやすそうだし、おまけのようにいる弘基も、多少は口うるさいが料理上手だ。姉なる人物の死を伝えられた時はどうしたものかと案じたが、ここなら一応それなりにまともに育っていけそうだ。

問題は、もう一つの巣だよな。希実がそんなことを思ったのは、春休み最終日の夜のことだった。久しぶりに学校へ行く準備をしながら、希実は小さくため息をついた。

「……ふう」

もう一つの巣とは、つまりは学校のことだ。希実はいつの頃からか、学校も巣として見なすようになっていた。

学校は、雑多な品種のひなたちが、乱暴に放り込まれた大きな巣だ。その中で世間知らずのひなたちは、群れたり遊んだり学んだりしながら、ちゃんと誰かを押しのけ踏みつけ、わけもわからずさえずっている。時には同じ病に染まり、時には異端を見つけて攻撃し、そして時には、仲間のひなを執拗《しつよう》なほどにつついてなぶって、遊び半分で殺してしまう。

あるいはと、希実は思いはじめてもいる。あるいはもしかしたら、世界そのものが、大きな何かの巣なのかも知れない。巣の中では、えさの取り合い、場所の取り合い。それが育つということで、育つことに疲れたり辟易《へきえき》したら、それで負けなのかも知れない。

しかし、まあ大丈夫だろうと、希実は両手で頬を軽く叩き、気合を入れる。長年あちこちの巣の中で、どうにかやってきたんだから。あの巣ごときに、負けるつもりはない。私はカッコウの娘なのだ。生き抜くために生きられる、カッコウなのだ。

始業式の朝、希実はパンの包みを渡された。

「これ、昼飯な。弘基のパンやで」

暮林が言うと、弘基は咳払いをして胸を張った。

「うまいからって、腰抜かすなよ?」

しかし希実はそのパンを、駅への道すがらに捨ててしまった。ゴミ捨て場で、ゴミをあさっていたカラスの群れに、袋ごと投げて与えてしまったのだ。カラスたちはあーあー鳴きながら、競い合うようにして包みを破り中のパンをついばみだした。そんな黒い群れを横目に、希実は駅へと急ぎ歩いた。

罪悪感はなかった。どうせそんなものを学校に持っていったところで、取り上げられたり隠されたり、踏みつけられたり水を引っ掛けられたり、とにかく嫌がらせの道具になってしまうのが関の山だからだ。つまりそれが、今の希実の育つ、学校という巣の中の世界なのだ。

校門をくぐり、希実は玄関口の掲示板に貼られた、新しいクラス名簿を確認した。するとそこには、三木涼香の名前があった。そのことに希実は、チッと舌打ちをしてしまった。あの子と同じクラスとは、中々どうして幸先が悪い。

教師は生徒の、いったい何を見てるんだろうと希実は首をひねる。私たちの関係がおかしなことくらい、まともな大人ならわかるだろうに。しかしすぐに、仕方ないかと息をつく。要するにまともな大人なんてものは、そうそういるもんじゃないということなんだろう。

新しいクラスは二年A組で、希実は意識的に背筋を伸ばし、前を見据えて教室へと足を踏み入れた。教室の中にはもう半数ほどの登校した生徒がおり、それぞれすでに小さなグループを作りあれこれお喋りに興じていた。

そんな教室内の様子を目に留めた希実は、半ば試すような気持ちで前方窓際の席へと進んだ。鞄が置かれていないその席は、おそらくまだ誰の席にもなっていないはずだ。

歩き出した希実は、このクラスがすでに涼香の影響下にあることを知らされた。希実が女子生徒の一団の前を通りかかるたび、彼女たちのお喋りがやんだ。過ぎて行けば囁き声が背後で起こる。そんな女子たちの様子を見止め、男子たちは顔を見合わせる。女生徒たちが敷こうとしているルールの行く末を、男子というのはたいてい静かに見守るだけだ。

希実が席に着くと、隣の席にいた女子群がサッとそこから立ち去った。まるで危険を察した小鳥たちが、飛び立つような素早さだった。なるほど、もうはじまってるんだなと、希実は思う。まあ、どうだっていいけどさ。

後ろで誰かの笑い声が聞こえる。あれは涼香のさえずりだ。それに気付いても、希実は後ろを振り向かない。希実は背筋を伸ばしたまま、窓の外の景色に目をやる。春の空は、いつだったか国語の授業で習ったようなうららかさだった。広がっているのは薄い青。校庭に植えられた桜の花の、散り終わった残骸たちは、風に吹き上げられて宙を舞っている。残骸のくせに、日差しを受けたそれらは、光を含んできらきら輝いていた。昼間に瞬《またた》く、はかない星のようだった。その美しさに、希実は唾を吐きたいような気持ちにかられた。騒々しいひなたちが、美しいと喜ぶもの、その全てを希実は呪っているのだ。空も桜も光も星も、全部嫌いだ。

教室の中のさえずりが、ゆっくりと希実を飲み込みはじめる。くだらないさえずりだ。希実は青空を睨みつける。怒りは壁になる。嘲笑《ちょうしょう》を誹《そし》りを阻《はば》んでくれる。くだらない空だ。くだらない光だ。くだらない連中だ。そうやって希実は、鉄壁の城壁を築いていく。ああ、くだらない。いつまでも、群れてさえずってろ、バカ鳥が。

チャイムが鳴って、生徒たちはバタバタ急ぎ席に着きはじめる。瞬間、背中に紙屑を投げつけられる。それでも希実は振り返らない。関わるつもりは、毛頭ないのだ。

涼香の最初の嫌がらせは、携帯のクラスの掲示板に、希実の中傷を書き込むというものだった。中学二年に上がったばかりの頃のことだ。

そこには希実の家庭の事情や、希実がクラスメイトの悪口を言っていたというデタラメなどが、びっしり書き込まれていた。涼香がやったのだろうと、希実はすぐに思った。私の家庭の事情を、そこまで知っていたのは涼香だけだし、何より私を陥《おとし》れて傷つけたいって思ってるのも、たぶん涼香以外にいない。

他のクラスメイトたちも、それが涼香の仕業であることには気付いていたはずだ。けれど、みんなが涼香に味方した。理由は単純だ。希実に非があり、涼香に分があったからだ。その頃校内には、希実の母と涼香の父親が不倫をしているという、少々生々しい噂が広がっていた。もちろん誘惑したのは希実の母で、問題の元凶も希実の母であるというのが、その噂の帰結だった。涼香が希実に攻撃をはじめたのは、その噂が広がりはじめてすぐのことだ。

噂話が盛り上がりを見せていくほどに、涼香の行為もエスカレートしていった。掲示板には、希実の母が体を売っているだとか、希実もロリコン客を回されているだとか、ありもしないことまで書き立てられはじめた。希実が携帯を解約したのは、そんなことがあってからだ。情報を遮断することで、クラスメイトと距離を置くことで、どうにか自分を守ってみせたのだ。

しかしそれから、靴を盗まれたり鞄にゴミを詰め込まれたり、制服にスプレーで「死ね」と落書きされたり、トイレに閉じ込められて水を浴びせかけられたりするようになるまで、そう時間はかからなかった。世の中に氾濫しているステロタイプのいじめらしき行為が、次々と希実に仕掛けられていった。

高校に入ってからは、さすがに中学の頃のようないじめはなくなった。そこそこの進学校であるせいか、周りの出来事には我《われ》関せずで、参考書や小難しそうな本を読みふけっている層もいるし、いじめなんて子供じみているとそれに加担しない生徒も少なくない。しかし、それがないと立っていられない者たちもいる。治らない病のようなものだ。そしてそれは、静かに広がり蔓延する。あるいは人に、耐性をつけていくということなのかも知れない。人が人を叩くことは当たり前なのだと認識され、ありふれた景色としてその目に映されるようになっていく。

希実が少なからぬ生徒たちから、無視され笑われていることは、もはや日常と化していた。消しゴムのカスを投げつけられたり、制服や体操着にチョークで落書きがされていたり、机の上に花が飾られていたり、そんな嫌がらせを受けていることも、大した衝撃ではなくなっていた。何より希実自身、彼女らの人を貶めたい病に、少し冒《おか》されていたのかも知れない。多少の無視やいたぶりには、それなりに慣れてしまっていた。

だから少し、気を抜いてしまっていたのだろう。二年次がはじまり数日が経った今日の放課後、希実は久々に手痛い思いをしてしまった。トイレの個室にいる最中、水が入ったバケツを数個、投げ込まれてしまったのだ。いつもはそうされないよう注意して、職員用のトイレがある一階を使っていたのに、うっかり教室のある三階のトイレを使ってしまった。

ぱたぱた遠くなっていく足音と、さえずるような笑い声を聞きながら、希実は深く反省した。くだらないケアレスミスをしてしまった。巣の中ではいつだって、気を張ってなきゃいけなかったのに。

髪や制服を濡らしたまま、希実は教室に戻った。そんな希実を目にしたクラスメイトたちは、ぎょっと目を見開いたり、こそこそと囁きあったり、あからさまにニヤニヤ笑っていたり、それぞれの反応を見せていた。しかし希実は、それらのどんな視線もはね返すように、怒りを立ちのぼらせ帰り支度をした。そしてそのまま教室を出た。水を滴《したた》らせながら廊下を歩くと、周りの生徒たちは喋るのをやめ、希実を避けるように道をあけた。

ブランジェリークレバヤシに帰った時、まだ髪も制服も濡れていた。店のドアをくぐると、すでに暮林も弘基も出勤して来ていた。弘基は濡れねずみになっている希実を見止めると、

「よう。今日はプール開きだったのか？」

と、片方の口の端を上げ訊いてきた。そうかもねと希実が吐き捨て階段へと向かうと、暮林がひょいとやって来て、ほらと笑顔でタオルを差し出した。

「早よ風呂にでも入ったほうがええ。風邪引いてまうかもしれんで」

タオルを受け取らずに希実がいると、彼はまた小さく笑って、今度はタオルを希実の頭にばさっとかぶせた。

「風邪は万病のもとやでな」

だから希実は、暮林に言われた通り風呂に入って体を温めた。ブランジェリークレバヤシに身を寄せて十日余。なぜか希実には、暮林の指示にはおおむね従ってしまう傾向が芽生えていた。いつもの苛立ちも、彼の前では引っ込めてしまいがちだ。最初は猫をかぶっていただけだったが、時間が経った今でも悪態をつく気になれない。あの善良そ

うな笑顔を向けられると、怒っているのがなんだかバカらしくなってくる。

　その傾向は、何も希実に限ったことではなかった。深夜営業のブランジェリークレバヤシには、変わった客が少なくない。酔っ払いもしょっちゅうやって来るし、パンの前で突然泣き出す情緒不安定な客もいる。バゲットの硬い皮が口に当たって痛かったと、烈火のごとく怒りクレームをつけてきた客なんてのもいた。

　接客担当の暮林は、そんな客たちに対し、特に何を気負うでもなく笑顔で接していく。酔っ払いには話を合わせ、泣き出した客に対しては、長々と身の上話を聞いてやったりしてもいた。クレームをつけてきた客には、暮林より早く弘基が反応してしまい、ちょっとした揉め事になりそうにもなったのだが――バゲットの皮が硬いのは当たり前で、痛いと文句を言うなら食うなと弘基が断じたのだ。もちろん客は、さらに怒り心頭となった。お客様は神様だ、などという言葉を持ち出して、謝罪しろと弘基に命じた。しかし、弘基も折れなかった。パン屋ではパン職人こそが神様だと吐き捨て、客のくせに生意気言ってんじゃねーよと、悪し様《あざま》に言い放ったのだ――そんなクレーム客に対しても、バゲットが硬かったのであればバタールをお試しくださいと、何事もなかったかのように試食パンを差し出し長々と話し込んだ挙句、バタールを買わせて帰してしまった。

　希実が思うに、暮林と話していると、たいていの人は毒気を抜かれてしまうのだ。のらりくらりとしたあの妙な関西弁に、なんとなく怒りのペースを乱されてしまう。そんなことを弘基に話すと、彼はやはり片方の口の端を上げて鼻で笑った。

「クレさんのは、関西弁じゃねーよ。あの人は、北陸だか上越だか……。ん？　越中だったかな。いや、加賀……？　信州？　とにかくそっち方面の出身だからな」

もちろん希実は、あんたもわかってないんじゃんと言い返した。そしてその上で、少々の苦言を呈してみた。

「……暮林さんて、人がいいのはご立派だけど。もう少し用心深くしておいたほうがいいんじゃない？　客は神様でもないけど、善人だっていう保証もないんだから。ポケットからお金を出す素振りで、ナイフを出してくるヤツだっているかも知れないんだし」

すると弘基は、んなことわかってるよとぶっきらぼうに言い、腕組みをしてみせた。

「けどまあ、仕方がねーんだよ。クレさんは、ああいう人なんだから。お前、猫にワンと鳴けとは言えないだろ？　ニワトリに空飛べって、言えないだろ？　クレさんに人を疑ってかかれっていうのは、まあ、そういうことなんだよ」

要するに平和ボケしてるってことなんだなと、希実は思っている。暮林という人は、きっと恵まれた人生を送ってきたんだろう。だから人を疑わず、いつも太平楽でへらへら笑っていられるのだ。海外赴任のサラリーマンを辞したのも、妻の死をきっかけにしているように見えなくもないが、もしかしたらただ単に、企業戦士に向いていなかっただけのことかも知れない。ていうか、明らかに向いてなさそう。だから門外漢のパン屋なんかを、勢いはじめてしまったんじゃなかろうか。

何しろ弘基の言葉通り、暮林は相当に不器用なのだ。パンの修行をはじめて、すでに数カ月が経過しているらしいのに、まだパンを捏ねる手がおぼつかない。

明け方、希実が部屋でまどろんでいると、弘基の、もっと優しく！　そこは強く！　もっとゆっくり！　優しくって言ってんだろ！　などというあやしげな声が聞こえてくる。長らく響くその声でしっかり目が覚めてしまって、様子をうかがうため階段をこっそり下りると、暮林が弘基の指導の下せっせとパンの生地を捏ねている。修行中の身である暮林は、いまだ明け方にしか、小麦粉を触ることが許可されていないらしい。

「……なんでやろ？　また小麦が、べちゃべちゃになってきた気がするんやけど」

「生地を摑むのが下手で、放すのがもっと下手だからだよ！　ったく、いい加減コツを覚えろって……」

基本的に叱られっぱなしの暮林だが、その手つきは希実が見てもぎこちない。しなやかに生地を捏ねあげていく弘基とは、どう見比べても雲泥の差だ。

ある時、希実がそんな感想を控えめに述べたら、弘基は、はあ？　と顔をしかめた。

「俺と比べたら、クレさんがかわいそうだろ。クレさんだって、まあ普通より才能がないくらいのもんで、どうしようもなく箸にも棒にもかからないってわけじゃない」

けなしているようにしか聞こえないが、弘基なりのフォローである。そんな弘基の言葉を受けて、暮林もやはり泰然と笑う。

「誉《ほ》められると、なんや気合が入るなぁ」

おめでたい人たちだなと、希実はしらじら笑ってしまう。この人たちの生きる巣には、平和な風しか吹いていないのだろうか。

しかし気付くと希実は毎日のように、朝早くから起き出して二人の仕事ぶりを眺めるようになってしまった。特に深い意味はないつもりだが、パンが出来ていく過程を見ていると妙に落ち着くのだ。なかったものがあるようになっていくのは、なんだか不思議で目が離せなくて、少しばかり楽しいような心持ちになる。

ある時、アンパンの練習に励んでいた暮林は、生地を丸めながら笑顔で言い出した。

「もうちょっと上手く作れるようになったら、希実ちゃんにも食わせてやるでな」

しかし希実は、暮林の言葉をさらりと一蹴してしまった。

「あ、結構です。私、アンコ嫌いなんで」

すると弘基が、希実の顔めがけてふきんを投げつけた。

「お前は好き嫌いが多過ぎるんだよ！　人の料理も、あれこれ残しやがって！」

「仕方ないじゃん。おいしくないんだから」

お互い人を怒らすセンスがあるせいか、希実と弘基はよく言い合う。最初は猫をかぶっていた希実も、対弘基用の猫は、すぐに野に放してしまったほどだ。

俺が作った料理が、うまくないわけないだろ。お前のはただの食わず嫌いだ。嫌いなものは嫌いなんだから仕方ないでしょ。偏食は愚か者の選択だぞ。この世界には、味わうべきものが山ほどあんのに。

希実と弘基が言い合いをはじめても、暮林はたいていのんびりと笑いながら仕事を続けている。その時もパンを捏ねつつ、二人のやり取りを楽しそうに聞いていた。

うるさいな。私は、食べることに大して興味がないんです。うるさいとはなんだ。食べることは人生に通じてんのに。大げさ。たかが食べ物じゃん。お前、どの口で言ってんだ？　この口ですけど？　かわいくねー口だな！　かわいくなくてけっこうです！

ふきんを投げ合いながら希実と弘基が続けていると、暮林がふいに言い出した。

「――それやったら希実ちゃん、何パンが好きや？」

接続詞が何にも接続してないのでは？　と思いつつも、のほほんとした暮林のペースに乗せられて、希実はついついのん気に答えてしまう。

「……え、と。……メロンパン、かな？」

すると暮林は、よしと頷きまた笑ったのだった。

「じゃあ、アンパンの次は、メロンパンを練習せんとな」

弘基はセンスがないと断じているが、希実は暮林がパンを捏ねている姿を見るのが、あんがい好きだ。器用さのようなものは皆無だが、実直さがある。

「……」

見ていると、少しばかり胸の奥が、ぼんやりと温かくなる。


どうしてパン屋をはじめたの？　希実がそう訊くと、暮林は端的に返した。

「うまいパンを、作りたかったからや」

その時暮林は、タオルをくるくると巻いていた。どうやらそれも、パン成形の練習のようだった。暮林の手は大きくて、小さなタオルを細かく巻いていくのは、中々に難しい作業のように見えたが、それでも暮林は根気よく、淡々とタオルを巻き続けていた。

「おいしいもんを食べると、人はうっかり笑ってまうやろ？　そういうパンを、たくさん作りたいんや」

希実は暮林のことなど、ほとんど何も知らない。会って日も浅いし、込み入った話をしたこともない。知る努力も一切していない。だから、暮林がどういう人物であるのか、理解など微塵もしていない。

それでもその言葉を、なんだか暮林らしいなと思ってしまった。

「パンは、特別な日の食べもんやのうて、毎日食べるもんやでな。うまいパンで、毎日笑うことが出来たら、そんなお得な人生はないやろと思っとるんや」

毎日笑うためのパン。そして暮林は、そんなパンの包みを、ある朝希実に渡してきたのだった。どうやら暮林と言う人は、有言実行タイプらしい。

「これ、昼の弁当。希実ちゃんの好きな、メロンパンや」

手渡されたパンは、小さな紙袋に入れられていた。受け取ると、その包みはまだほの温かかった。

「弘基のオッケーが出た、初めてのパン。笑えるほど、うまいはずやで」

本当に暮林がパンを用意してくれるとは思ってなかった。自分が言ったことを、覚えていてくれたことも意外だった。だからつい、ペースを崩し言ってしまった。

「……あ、あの。ありがとう、ございます」

そしてそのままペースを乱し、うっかりミスを犯してしまった。暮林に渡されたパンを、カラスに与えなかったのだ。与えず学校に持って行ってしまった。

抱えた紙袋からは、時おり甘い香りがもれてきた。そのたび希実は、ぼんやりと考えた。暮林さんのメロンパンて、どんな味なんだろう。弘基仕込みの味だから、まあおいしいんだろうけど。でも暮林さんが作ると、どんな感じになるんだろう。そしてそんなことを思うたび、なぜか笑みがこぼれてしまうのだった。

おかげで希実は、足取りも軽く教室へと入ってしまった。もちろん右手には、パンの入った紙袋を抱えたままだった。口元にも、わずかばかりの笑みが残っていたかも知れない。つまり普段では考えられないほど、うかうかしてしまっていたのだ。おそらく相当に、注意も散漫であったに違いない。いつもならもっと周りを気にしているのに、その時は全くといっていいほどのノーガードだった。

「――あ」

だから後ろからやって来た涼香に、わざとらしく肩をぶつけられてしまったのだろう。涼香は獲物を仕留める野鳥のように、ドンと希実を押してきた。そして希実はその拍子に、鞄と紙袋を手から落としてしまったのだ。

「……!」

床に転がった紙袋を前に、もちろん希実はすぐさましゃがみ込み、その袋へと手を伸ばした。しかしそれより早く、涼香の足がそれをグシャリと踏みつけた。

「あ、ごめーん。悪気はなかったんだけど」

そう謝りながら、涼香はさらに紙袋を踏み続ける。そんな涼香の様子を、近くの席の女子たちも、何やらあれこれ囁き合い、クスクス笑いながら見詰めている。

それは、ままあることだった。希実が鞄以外の何かを教室に持って入れば、なんらかの嫌がらせを受けることが決まりごとのようになっていたのだ。だからずっと、弘基のパンを持ってこなかったのだ。面倒ごとを起こさないように、つけ入る隙を与えないように、気をつけていたのだ。

しかし希実は、その日その禁を破ってしまった。

「……あ」

床に落ちた紙袋がちぎれ、中のパンがあらわになる。

「……」

毎日笑うためのパン。希実ちゃんの好きな、メロンパン。初めてのパン。笑えるほど、うまいパン。彼女はそれを、楽しそうに踏みつけた。

「——何すんのよ!?」

だから希実は、思わず涼香に摑みかかり、勢い拳を振り上げてしまった。

校内では数年ぶりとなる暴力行為を行ったとして、希実と涼香は生活指導室にしょっ引かれた。そこで担任、学年主任、生活指導教諭に散々あれこれ問われた。無論教師たちは、希実がいじめを受けていることになど気付いておらず、質問はどれもピントがずれたようなものばかりだった。だから希実は簡潔に、

「体がぶつかって、なんかカッとしちゃって。ついやってしまいました。すみません」

と頭を下げた。すると涼香も同様に、私もですと言い、それ以上は何も語らなかった。

そのため教師陣は早々に真相究明を諦めた。そして、希実と涼香の保護者を呼びつけたのだった。

二人は来客用のソファに向かい合って座らされ、保護者の到着を待った。もちろん、お互い何も喋ることはしなかった。目を合わせることすらなかった。ただ黙って、居心地の悪い時間をやり過ごしていた。

しかししばらくそうしていた希実は、なんとなく目の前の涼香に目を向けてみた。深くソファに腰を下ろした涼香は、口の端に血をにじませて床をじっと睨んでいた。胸のリボンはひん曲がっていて、ブラウスのボタンも、二段目と三段目が取れてしまっていた。自慢の足にも、膝に擦り傷をこさえていて痛々しかった。まあ全部、希実が負わせたものなわけだが。なんともひどいあり様だった。

先に指導室へと駆けつけたのは、涼香の両親だった。
「涼香ちゃん……！」
普通、父親まで駆けつけるかね、たかが娘の暴力沙汰に。内心そう思いつつ、希実は
やって来た二人をぼんやり見つめていた。
「どうしたんだ？　いったい……」
涼香の母は傷ついた娘を見るなり、悲鳴のような声をあげた。そして涼香の元にひざ
まずき、大丈夫？　痛むでしょう？　こんなひどい目にあって……。と、涙ながらに涼
香の手を握った。父親のほうは怒りで顔を真っ赤にし、おそらく加害者を怒鳴りつけよ
うとしたのだろう、希実のほうを振り返り、何か言おうと口を大きく開けた。
「――」
しかし、その口はそのまま、言葉を発する前に閉じられてしまった。何しろ涼香の前
に座らされた希実の左目の周りには、見事な青タンが出来てしまっていたのだ。唇の端
も切れているし、左頰も若干ではあるが腫れあがっている。ブラウスのボタンは二段目
から四段目まで取れているし、スカートから伸びた右足首には、ぐるぐる包帯が巻かれ
ている。その姿はどう見ても、涼香よりずっと重傷だった。
だから涼香の両親は、戸惑いを隠せない表情で顔を見合わせた。相手の傷が娘より深

いようでは、そうそう文句もつけられないといったところなのだろう。

涼香の両親が現れた数分後、今度は希実の保護者として、暮林と弘基がやって来た。

「どうもどうも、本日はお招きいただきまして」

的外れな挨拶をしながら、暮林は教室のドアをくぐった。そして、ソファに座らされた希実と涼香を見るなり、目を丸くして、おおと声をあげた。無論、どこか楽しげな声ではあったが。

「——女の子の割りに、ずいぶん派手にやりましたなぁ」

傷だらけの二人を前に、暮林はそう笑って言ってのけた。そして、自分が希実の保護者であることを伝えると、抱えてきた店の紙袋をみなの前へ差し出した。

「これ、うちのパンです。喧嘩したって聞いたんで、腹が減って気ぃでも立っとるんかと思いましてね。よかったら、どうぞ」

屈託なくそう言って、暮林は涼香にも笑顔を向ける。

「いっぱい食べれば、機嫌も直るかも知れんで」

すると涼香が、フンと鼻を鳴らして言い捨てた。

「別に、お腹なんて減ってませんけど?」

そして憎々しげに暮林を睨みつけ、続けた。

「だいたいお腹が減ってたら、普通に購買で買うし。そんなパンなんかで、誤魔化されるわけないじゃん。バカじゃないの？　オジサン」

涼香のそんな言葉に、暮林はやはり笑顔を浮かべて返す。

「……それやったら、涼香ちゃん。何が減って、そんなんなっとるんや？」

「え……？」

「何が足らんくて、そんなに気ぃを立てとる？」

にこにこと訊ねる暮林を前に、涼香はふいを突かれたような表情を浮かべる。浮かべて、所在なさげに暮林を見詰める。すると暮林は少し腰を落とし、目線の高さを涼香と同じにしてから、ゆっくりと再び訊いた。

「……何が足らんくて、そんなしんどそうにしとるんや？」

暮林がそう言うと、涼香は一瞬声を詰まらせた。そしてそのまま堰を切ったように声をあげて泣き出した。

こんなふうに涼香が泣くのを、希実は初めて見たような気がしていた。涼香はいつだって明るくて勝気で、泣くくらいなら怒り出すようなタイプであったはずなのに。

涼香の両親は、しゃくりあげる娘を前に一瞬戸惑いの表情を浮かべたあと、しかしすぐに彼女の肩を抱き寄せ、励ますようにいつまでも彼女の体をさすり続けた。

学校から放免された希実は、暮林や弘基と一緒に帰路を辿った。ワゴンが停めてあるコインパーキングに向かう道すがら、希実は涼香との歴史について簡単に説明した。

「涼香とは、幼馴染みたいなもんなの。小学校の頃、ひとりでばかりいた私に、あの子が何かと話しかけてくれて。別に私は、ひとりでも、全然平気だったんだけど、涼香はそう思うタイプじゃなかったみたいで、とにかく仲間に引き入れようとしてくれて――。もちろんそれは、ただの親切だったんだと思うけどね。涼香は、ひとりでいるのは寂しいことだって、普通に思ってるような子だったから」

その涼香が、例の噂で手の平を返したのだ。それまでの優しさを、かなぐり捨てて。

その頃涼香の父親は、学校のPTA会長を務めていた。そして時期を同じくして、希実の母もPTAの書記を務めていた。学校行事に参加するタイプではなかったのに、その頃店の指名客が減っていた母は、客引き目的で自ら志願しその役職を担っていたのだ。

「噂が立った時は、まあ仕方ないかなぁって思った。うちの母親って、普通の家のお母さんとは毛色が違うし、そういういかがわしさが似合うタイプでもあるから」

それから涼香は、わかりやすく荒れた。遅刻や欠席が目立つようになり、教師に対しても反抗的な態度を見せるようになった。スカート丈も多少短くなったし、髪の色も茶色くなった。希実に対して攻撃的になりはじめたのも、その頃だ。そしてその行為は、高校に進学した今も続いている。

「……でも本当は、あの子の父親の相手は、うちの母じゃなかったんだよ」

母を問いただしてすぐ、希実はその事実を知ったのだった。母はあっけらかんと笑って言った。涼香ちゃんのパパが付き合ってるのは、のぞみんの担任の先生だってば。ハハは単なるカモフラージュっていうか、そんな感じなんじゃなーい？

「そう聞かされた時は、びっくりしたよ。うちの担任はすごく真面目で、どっちかっていうと堅い感じの人だったから。それでも生徒想いでけっこう人気もあって、涼香も先生のこと、かなり慕《した》ってたんだよね」

すると弘基が、希実の説明に口を挟んだ。

「もしかしてお前、それで本当のことを教えないでいたのか？　教えたら、幼馴染が余計傷つくと思って？」

その問いかけに、希実は一瞬黙り込んだ。そしてスッと前を向き直し、空を見上げるようにしてあごを上げた。

「違う。ただ私は、もっと涼香を傷つけたかっただけ」

希実の言葉に、弘基が眉根を寄せる。

「……もっと？」

　おうむ返しで訊く弘基に、希実は薄く笑みを浮かべながら応える。

「そう。もっと傷つけたかった。だって私、涼香のことがずっと嫌いだったんだもん」

言い切って希実は、前を見据える。

「あの子は、誰にでも親切で、優しくて正しくて、それが当たり前で、それが世の中だと思ってるような子だったから、近くにいるとムカついて仕方なかった。自分にだって汚い気持ちはあるくせに、それに気付かないでのうのうと親切ヅラ出来てるあの子に、とにかくムカついてたんだよ。だから、教えなかった。自分の父親が、私の母とデキてるって勘違いしてる限り、あの子は私を憎み続けると思ったから」

憎しみは、苦しみだ。

苦しめばいいと、思ったのだ。

「せいぜい一生懸命私をいじめて、自分の中の汚い気持ちに、嫌っていうほど気付けばいい。優しくも正しくも出来ない自分を、もっと見損なってもっと嫌いになって、いいだけ失望すればいいんだよ。たかが自分はこんな人間だって、思い知ればいい」

負けたくなかったのだ。

幸せな人間には、絶対に。

「大体、あの子は子供なんだよ。なんにもわかってない。殴り方だって超ヘタくそ。私はちゃんと手加減してやったのに、あの子はバカみたいに力任せで……。殴られたことがないから、上手に殴れないいんだよ。幸せしか知らないから、ちょっとした不幸にすぐひるむんだよ」

いじめを続ける涼香を、希実はずっと見下していた。父親の不倫ごときで自分が揺らいでしまうなんて、どうしようもなく未熟な子供だと、心の底でいつも笑っていた。

「素行を悪くしてみせてたのも、けっきょく親の気を引くためでしょ。何をしても、親が自分を見捨てないってわかってるから、そんなことが出来るんだよ。あの子はけっきょく、恵まれた幸せな子供なんだよ。私の気持ちなんて、絶対に、わかるわけない」

出会って間もない頃、涼香は言ったのだ。私が希実ちゃんを、助けてあげる。

祖父母の家から引っ越して来たばかりで友達のいなかった希実に、涼香はそう手を差し伸べてきた。私、希実ちゃんの、気持ちがわかるの。だから友達になろう。私たち、これからは親友だよ。そして希実を家に招いては、家族の食卓に座らせた。

思うにあれは、ただの親切だったんだろう。でも希実は、見せ付けられたような気持ちになった。優しい父親に、料理上手の母親。勉強を教えてくれる兄に、尻尾をよく振る大きな犬。庭には子供たちが生まれた記念樹があって、誕生日には家族揃ってバースデーケーキを食べるらしい。

大きくなったらパパのお嫁さんになるのと涼香が言うと、父親は嬉しそうに愛娘を抱き上げた。だけど本当は、父親と結婚できないことなど涼香は百も承知で、パパを喜ばせるために言っているだけなんだよねと、肩をすくめて笑っていた。私の結婚式では、パパが泣いちゃいそうで恥ずかしいよ。早く、娘離れしてくれないと。桃のような愛くるしい頬は、当たり前のように言っていた。

希実はそれを、ただただ黙って聞いていた。そして、心の中で吐き捨てていた。くだらない。

希実にとって生きる世界は、えさの取り合い場所の取り合い。食卓も記念樹もバースデーケーキもありはしなかった。悲しいと思ったことはない。これが本当の世界だと、ずっと思ってきたからだ。温かな家族なんて上辺だけ。優しいも親切も、綺麗事。そんなこともわからないで、幸せそうに笑ってる、涼香のほうがかわいそう。

「だから本当のことは教えないで、私をいじめさせてるの。あの子、いつまでたっても私のこと許せないみたいで、一生懸命いじめてくるんだよ？　もう涙ぐましいくらい」

言いながら希実は、何度も小さく笑い声をあげた。

「高校だって、本当はもっといい私立校に行けたはずなのに、私を許せなくて、同じ公立校に進学したくらいなんだから。バカみたいだと思わない？　そんなことで、自分の進路を変えるなんて」

目いっぱい、バカにして言ったつもりだった。高みに立って屁理屈をこねて、上手く涼香を貶めることができたと、思っていた。

「ホント、いい気味だよ。もう、ザマーミロって感じ」

けれどそんな希実に、弘基が言ってきた。

「……それは、わかったけどさ」

そして、俯いた希実の顔をのぞき込み、続けて訊いたのだった。

「……でもだったら、なんでお前が泣いてんだよ？」

その言葉に、希実はぎゅっと唇を噛み、素早く涙を袖で拭《ぬぐ》った。でも、ダメだった。涙がどうしようもなく溢れてきて、情けないほどぼろぼろと頬を伝った。せりあがってくる嗚咽《おえつ》を、笑っているように見せかけるのも、もう限界だった。

「……だって」

子供なのは自分のほうだ。希実にはよくわかっていた。何が足りないと暮林に訊かれ、親の前で泣き出せる涼香が、羨《うらや》ましかった。昔からずっとそうだ。涼香のような家族に、焦がれていた。カッコウの娘には手が届かない、温かくて眩しいありふれた家族。

それに本当は、知っていたのだ。この世界は、托卵先の巣ではない。優しいも親切も、きっとある。温かな家庭も、たぶんある。

でもそれを、認めるわけにはいかなかった。認めてしまったら、やり過ごせないような気がしていた。辟易するような巣の中で、生きてはいかれないような気がしていた。だから必死で否定した。親を、学校を、友達を、人を、全部見下して、鉄壁の城壁を作り上げてきたのだ。それは、たぶんこれからだって。

不思議そうな顔で自分を見ている弘基を、希実は押しのけて鼻をすする。

「……だって、足が、痛いんだもん」

「は？」

「……怪我した足が、痛くて、泣いてるの」

しゃくり上げながらどうにか応えると、今度は暮林が、ああと手を叩いた。

「そうか、そうか。そら、気付かんくてすまなんだな」

そして希実の前に、よっこらしょとしゃがんでみせたのだった。

「――そんなら駐車場まで、おぶってやるわ」

恥ずかしいからいいと希実が言うと、

「泣いてるくせに、偉そうなこと言ってんじゃねぇよ」

と弘基が鼻を鳴らし、希実を暮林の背中へと押しやった。

「痛い時は、痛いって言えよ。じゃねーとこっちだってわかんねぇんだから」

暮林は軽々と希実を背負った。ひょろりとしている割りに、その背中は大きかった。

「しかし希実ちゃん、軽いなぁ。もう少し、飯をちゃんと食わんとな」

歩きながら暮林は、やはり笑いを含ませたような声で、のんびり言った。

道は夕暮れ時のにぎわいに包まれていた。塾の鞄を背負い、走っていく子供たち。自転車に乗った主婦は、忙しそうに希実たちを追い越していく。向こうには商店街があるのかも知れない。その喧騒がこちらにもわずかばかりにじんでいる。八百屋の呼び込み。自転車のブレーキ音。行き合った主婦たちの話し声。希実たちは、そんな道をゆっくりと進んでいく。

「今日の晩ご飯は、カツ丼にしようか」

暮林が言うと、弘基が応える。

「そうだな。いい肩ロースが入ってるし」

すると暮林は少しだけ後ろを振り返り、のんびりと声をかけてくる。

「全部食えよ、希実ちゃん」

その言葉に希実は、はいと、しゃくり上げながら頷いた。おじさんからは加齢臭がするものだとばかり思っていたのに、暮林からは甘いパンのにおいがした。

＊　＊　＊

顔を冷やして寝たはずなのに、起きてみたらしっかりと頬がはれ上がっていた。昨日は青いだけだった目のあざも、紫がかった色味に変色していた。

制服に着替えて厨房に下りると弘基が爆笑した。

「お前、試合後のロッキーみたいだぞ」

そんな弘基を、暮林はすかさずたしなめた。

「ロッキーは失礼やろ。あれは男やで。こういう場合は、お岩さんと言うべきや」

たぶん、たしなめたつもりだろう。一方、ロッキーもお岩さんも知らない希実は、二人のやり取りを平然とやり過ごした。そしてゆっくり、頭を下げた。

「私、今日も学校に行くつもりなので、お弁当お願いします」

すると二人は小さく笑って、それぞれ紙袋を差し出してきた。

「たっぷり用意しといたで」

「腹いっぱい食うがいい」

受け取った紙袋は、ずっしりと重く温かだった。

登校すると、またしても廊下の生徒たちが、希実を避けるようにして道をあけた。傷が治るまではこんな調子なんだろうなと思いつつ、しかし希実は紙袋をしっかり抱えて歩き続けた。昨日の二の舞は絶対にごめんだ。

教室に入ると、クラスメイトたちがぎょっとした顔で希実を見た。まあ当然だろうと希実は思った。自分で鏡を見てみても、ちょっと引くような内出血ぶりなのだ。

後ろの席に目をやると、そこには希実と同じように口の端を赤紫色にした涼香が、憮然と席についていた。痛々しいその顔で、希実をじっと睨みつけていた。

たぶん涼香も、負けたくないんだろうなと、希実は思った。なにせ世界は、えさの取り合い、場所の取り合い。心が折れたら、向こうの世界の理屈に飲み込まれてしまう。もしかしたらそれは、涼香だって同じなのかも知れない。

四時間目の授業中、希実は教室を抜け出し、屋上へと向かった。敵に何かを仕掛けられる前に、持ってきた弁当を食べ切ってやるつもりだった。いわば昨日のリベンジだ。

快晴の空の下、希実は持たされた紙袋のパンを広げてみた。中には、メロンパンにチョコクロワッサン、カツサンドにフランスパンのＢＬＴなども入っていた。

「……無駄に豪華だな」

小さく笑って呟いた希実は、メロンパンを手に取る。そして大きく口を開け、がぶりと勢いよく頬張った。メロンパンの表面は、厚いクッキー生地で、噛むとざくざく音が鳴る。それなのに中身はふわふわで、溶けてしまいそうなほどに柔らかだ。

だから思わず、声をあげてしまった。

「——う、ま」

言わずにはいられないほど、おいしかったのだ。

「……何、これ？」

半笑いになりながら、希実はまたパンにかじりつく。

そして、思い出していた。今朝、パンを持たされた時、暮林に言われたこと。

「あのな、希実ちゃん。パンてのはな、平等な食べものなんや」

希実の手にパンを持たせながら、暮林はやっぱり笑って言ったのだ。

「道端でも公園でも、パンはどこでだって食べられる。囲むべき食卓がなくても、誰が隣におらんでも、平気でかじりつける。うまいパンは、誰にでも平等にうまいだけや」

なるほどなと、希実は思う。

パンを口に運ぶほどに、力がみなぎってくる。

「……うん、おいしい」

気付くとおいしくて、また笑ってしまっていた。

Pétrissage & Pointage

——生地捏ね＆第一次発酵——

水野《みずの》こだまの名前は、新幹線のこだまから取られた。各駅停車のこだまは、たくさんの駅に停まるらしい。その名前の由来について、母親はこだまを膝の上に乗せるたび、歌うように言うのだった。

「こだまはね、速くなくて全然いいの。寄り道ばっかりしていけばいいの」

そしてこだまの頭のてっぺんに、ぷーっと温かいキスをしてクスクス笑う。頭のてっぺんにされるキスはくすぐったくて、こだまもぎしししと笑ってしまう。お腹をよじって足をバタバタさせてしまう。

「こだまには、たくさん止まってゆっくり進んで、色んなものを見ていって欲しいの。色んな人と会って話して、じっくり大人になって欲しい」

意味はよくわからないが、こだまは自分の名前が好きだ。でもいつか、ひかりになりたいとも思っている。こだまとは違って、もっと速く走る新幹線。それより速いのもあるらしいが、名前は忘れた。とりあえずは、ひかりでいい。こだまはいつか、それになりたい。しかし今はまだ、各駅停車のこだまだ。

こだまは毎日のように、昼といわず夜といわず街の中をふらふらと歩いている。それを日課と決めているわけでもないが、とにかくあちこち寄り道をしながら歩いてしまうのだ。名前のせいかも知れない。何せこだまは、こだまなのだ。

そして、警察だったり、補導員だったり、探偵だったり、そういう人たちから逃げるのも得意。不思議なことに大人というのは、昼間でも夜でも、こだまを捕まえようとする。昼間捕まると、学校はって訊かれて、夜捕まると、おうちはどこって訊かれる。最近は、お母さんとの暮らしはどうですかって訊かれることもある。昔はみんなが捕まるのかと思っていたけど、どうやらそうでもないらしい。大人になると、捕まらないで歩けるみたいだ。だからこだまは、早く大人になりたい。早く大きくなりたい。だって捕まるのは面倒だ。母親が呼ばれてあれこれ怒られてしまう。母親が怒られることを、こだまはなるべくしたくない。だから自分は、なるべく家でじっとしてなきゃいけないと思っている。

だけど家でじっとしていると、むずむずしてくるので弱る。こだまはやっぱり、歩くことが好きなのだ。何しろ歩いていると、必ずどこかに辿り着ける。だからといって、特に行きたい場所があるわけでもないが。

だけどあのパン屋さんには、もう一度行ってみたいなと、こだまはずっと思っている。

以前はよく足を運んでいたのだが、ある時突然、消えてしまった小さなパン屋。

しかしその日、こだまは見つけた。

「——あ、あった！　あった！」

懐かしいパン屋が、夜の中にぽっかり浮かび上がっていた。

＊　＊　＊

パンには、作り手の人格が表れる。それが、弘基の持論だ。

「ブランジェは、日々の気温や湿度、気圧、それらを正確に把握《はあく》し、材料の選択、小麦に注ぐ水の温度、生地の捏ね方、発酵の時間、ベンチタイム、成形のタイミング、焼き加減、パン製作における工程の全てを、完璧にこなさなくちゃならない」

すらすら語る弘基を前に、希実はふうと息をつく。まったく、よく喋る男だ。

「そして、完璧さが必要とされる仕事には、おのずとそれをこなす人間の人格が表れる。だからブランジェには、高潔な魂が必要とされるんだ。惜しみない愛と、果てしない誠意、限りない情熱と、真の優しさ、それを持つ者だけが最高のブランジェとなり得る」

情熱以前はまだしも、真の優しさなどというものが、あんたにあるとは思えないけど。

希実のそんな疑念など知る由もなく、弘基はパンを捏ねる希実の動きを叱りつける。

「――ったく、迷い迷い捏ねてんじゃねーよ。おっかなびっくりやってたら、それがそのまんま味に出るんだからな。お前はもっと生地を信じろ！　信じて触れ！」

そしてその叱咤は、希実の傍らの暮林にも飛ぶ。

「クレさんは力入れ過ぎ！　もっと優しくって言ってるじゃん」

夜更けの店の窓には、仕事帰りのサラリーマンやＯＬの姿が映っては消える。店内の様子が気になるのか、彼らの多くが窓をちらりとのぞいていく。仕方のないことだと希実は思う。何しろ店からは、甘いパンの香りがいくらももれているのだ。気にしないでいることのほうが、きっとずっと難しいはずだ。

しかしまさかそこで、こんなにもスパルタな製パン指導が行われているとは、誰も思っちゃいないだろうな。弘基に怒られながら、希実はむっつりと唇を尖らせる。私だって、思ってなかった。なあなあ、希実ちゃん。よかったら希実ちゃんも、一緒にパンを作ってみんか？　そう暮林にふんわり誘われ、軽いノリで承諾してしまっただけなのだ。こんなにダメ出しを食らうとは、夢にも思っていなかった。

それまで明け方に小麦を触らせてもらっていただけの暮林だが、少し前から開店前の小一時間ほども、パン作成の練習時間に充ててもらえるようになったんだとか。それで希実も一緒にやってみてはどうかという話が、男二人の間で持ち上がったらしい。

パンについてはとにかく口うるさい弘基が、自分にも教えを授けようと言い出したことに、希実は少なからず驚いていた。自分の知識や自分の技術を、クソ生意気な女子高生に、誰が教えてやるかよ、バーカ。とでも言い出しそうなものなのに、なぜ自分を練習に参加させる気になったんだろう。そんな希実の疑問は、しかしまったく逆方向の弘基の思想によって説明された。

「技術と知識の継承も、ブランジェの大事な仕事のひとつなんだよ。パン作りっていうのは、一個人で完結していくものじゃない。長い歴史の中でたくさんの人の手の中で、育てられていくものなんだ」

だから弘基は、教える気になったらしい。

「言っとくけど、俺の指導は誰彼かまわずだからな。そこらへんの野良猫が教えてくださいって言ってきたって、喜んで教えてやるんだからな」

クソ生意気な女子高生といえど、希実も一応人間だ。猫よりはいくばくか、教え甲斐があるのかも知れない。

「ああ！　もう！　お前もダメだ！　ちゃんと優しく捏ねろっつってんだろ！」

ただし希実は、どうしたって猫よりも弁が立つ。不平不満はすぐに口に出してしまえる。その点においては、猫よりいくぶんたちが悪い。

「そんなこと言われたってわかんないよ。力入れれば優しくって言われて、力抜けば迷うなって言われて、いったいどうすりゃいいのよ？　優しいって何？　私には、ちっとも全然わかんないんですけど」

生地でべたべたになった手を、お手上げというふうにあげて希実が言う。すると弘基は片方の口の端を上げ、にやりと笑う。

「バカかお前。優しいなんて、簡単なことだろ」

そして、手身近にあった計量カップをスッと手に取る。

「相手を思えばいいだけだ。この上ない愛情を持って接すればいいだけ。触れる瞬間も、触れている瞬間も」

言いながら弘基は、計量カップを希実と暮林の前に置いてみせる。

「手を放すその瞬間も、愛することだよ」

惜しげもなく愛などという単語を用い、慣れた仕草《しぐさ》でたかが計量カップを置いてみせる弘基を前に、しかし希実は一瞬言葉を失くしてしまう。

「――」

彼がカップを手に取ってから、それをこちらに置き直すまでの間、そこには確かになんだか雅《みやび》な風が吹いていたのだ。

おかげで希実は、目をぱちくりさせながら、うっかり弘基に臨んでしまった。弘基はそんな希実の様子を見止め、やはりまたにやりと笑った。

「今のはわかり易《やす》いように、ちょっと情感過多でやってみたけど。要するに優しいってのはこういうことだから。日本には所作って言葉もあるだろ。あれと似たようなもんだ。優しさってのは、美しさに通ずるからな。とどのつまりは、愛をもって、パンに接しろってことだ」

そんな弘基の説明に、やっと自分を取り戻した希実は顔をしかめて返す。

「……だから愛とか、わかんないっつーの」

すると弘基は、苛ついた様子で希実の頭にチョップを食らわした。

「だから人格が出るっつってんだろ！　推《お》して測《はか》れよ、このバカが」

一方の暮林は言い争う二人をよそに、淡々と生地を捏ね続ける。そして、うーんと首をひねり考え込む。

「……難儀やなぁ。愛っちゅうのは」

表面がでこぼことした生地に目を落とし、暮林が呟く。そんな彼の生地を見やり、希実も弘基も口をつぐむ。確かに、最近パン製作に携わりはじめた希実のほうが、まだ滑らかな様子の生地を捏ねあげている。

「……まあ、なんていうか。クレさんちょっと、不器用だからさ」

慰めるように、弘基が言う。希実も、その言葉尻に乗り付け加える。

「そうだよ。ちょっと、コツが摑めてないだけで。そこがわかれば、ちゃちゃっと作れるようになるよ」

すると弘基が、すぐに嚙み付く。アホか、お前！　ちゃちゃっとなんて、パンが作れるようになるわけねーだろ！　パンなめてんじゃねぇぞ！　うるさいな、言葉のあやじゃん。あんたこそ推して測れっつーの。

そう言い合いながら、しかし希実は、内心本気で思っている。情熱はちょっとわからないが、愛も誠意も優しさも、暮林には普通にあるだろう。パン作りと人格なんて、関係あるはずがない。だから弘基が、希実の捏ねた生地を手に取り、フンと鼻で笑って言ってみせても気にはしなかった。

「なるほど。お前のパンは、ずいぶん臆病だな」

何しろ希実は、自分を信じていたのだ。自分は、どちらかといえば肝が据わったほうだと。でなければ、托卵先での暮らしなどやり抜けない。むしろ私は、臆病とは逆の場所にいる人間と言っていい。

そんなことを改めて思ったせいもあったかも知れない。その日やって来た強盗犯に、希実は勢い強硬な姿勢で臨んでしまったのだった。

事件は開店前に、ふらりとやって来た。その時間、店の帳簿をつけることが日課になっていた希実は、レジの前に立ち売り上げの計算をしていた。

「将来の夢は、公認会計士か税理士。大学に行ってる間に資格をとるつもり。結婚せずともひとりで安定した人生を送りたいから、若い時間のご利用は計画的にしないとね」

そんなふうに語った希実に、だったらお前が帳簿つけろよと弘基が言い出したのだ。

「クレさんの練習時間増やしたせいで、厨房の仕事が全体的に押し気味になってんだ。開店前の雑務くらい、お前がやったって罰は当たんねーだろ」

もちろん希実は言い返そうとした。嫌だね。店の帳簿なんてつけてる暇があったら、数式でも解いて大学受験に備えます。しかし暮林が割って入ったことにより、その言葉は封印されてしまった。

「いやー、助かるわー。希実ちゃんがうちに来てくれて、本当によかったわー」

感謝しきりでそう言われては、にべもなく断るわけにもいかない。

帳簿に数字を書き込みながら、希実は思う。暮林は笑顔のテロリストだな。にこにこ鷹揚に笑いながら、けっきょく主張を通してしまう。

「……まあ、いいけど」

ひとりごちながら、希実は厨房を見やる。売り場とガラス窓で仕切られた厨房には、慌《あわただ》しく働く暮林と弘基の姿が見える。とはいえ、ばたばた動き回っているのは暮林だけで、弘基は素早く動きつつも、一向に忙しそうには見えないのだが。

まあ、弘基は確かに優雅だけど。暮林さんの周りには、また別の風が吹いてるんだよな。ガラスの向こうを見詰めながら、希実はそんなことを思う。南風っていうか、平和の風みたいなのが。そういう南風的なパンも、全然悪くないのにな。

そんなことを考えつつ、なぜか熱心に厨房の様子に見入ってしまっていた希実だったが、ふと耳にトントントンというノックの音が届き我に返った。

「ん……？」

長らくぼんやりしていたことに気付いた希実は、すぐに店内へと視線を戻す。するとまた、トントンと音がした。どうやら店のドアを、誰かがノックしているようだ。

「……どちら様、ですか？」

声をかけると、再びトントンと音がした。誰がやって来たのだろうかと、希実はレジカウンターを出てドアのほうへと向かう。客じゃないよなと、少し訝る。開店までにはまだずいぶん時間がある。食材の業者か。トントントントトントントン。それにしては少々しつこい。

「はいはい、今開けます」

手早く開錠し、ドアを開けて外を見やる。しかし、人の姿はない。

「……え?」

だがその瞬間、眼下に黒い影がよぎった。まるで、小さな猫がするりと足の間をすり抜けていくような感覚を覚え、希実は慌てて後ろを振り返る。

「――あ」

するとそこには、小さな少年が立っていた。年の頃は、小学校に上《あが》ったばかりといったところか。半ズボンからは、ゴボウのように細い足が伸びている。長めの後ろ髪からのぞくうなじがひどく白い。

闖入者《ちんにゅうしゃ》のその少年は、希実に背を向けるようにして、堂々と棚のパンを見上げていた。

パンのにおいにつられてやって来たんだろうか。なんにせよ、ずいぶん教育のなっていない子供だ。開店前のパン屋に、勝手に入り込んでくるなんて。

「ちょっとボク。お店はまだ開店時間じゃ……」

希実の言葉に、しかし少年は音もなくパン棚のほうへと一歩進む。そしていきなり、パン棚へと手を伸ばした。伸ばすなり、素手でチョココルネを引っ摑んだ。

「ちょっ、パンの販売はまだ……」

そんな希実の注意も虚《むな》しく、少年は再びパン棚に手を伸ばす。今度はチョコバームだ。

「ねえ、ボク……？」

呆気にとられる希実をよそに、少年は次々パンを摑み取っていく。そして、片手で抱えきれないほどになると、満足そうに頷いて、そのままくるりとパン棚に背を向けた。その流れで希実を見止めると、ニコッとひとつ微笑んで口を開いた。

「どうもありがとう」

まだ高い子供の声でそう言うと、当たり前のように店のドアをくぐり出て行こうとした。だからもちろん、希実は声を荒げて呼び止めた。

「待ちなさい！」

すると少年は、目を丸くして希実を振り返った。そして、どうして怒鳴られたのかわからないという表情で、きょとんと目を丸くし希実を見詰めた。

「……ボク、お金は？」

しかし凄《すご》むようにして希実が問いただすと、彼はすーっと視線を泳がせはじめた。そしてやにわにパンを抱え直すと、そのまま体当たりでドアを押し開け逃げ出してしまった。

「あ、こら！」

そんな少年を前に、思い切り希実は怒鳴り声をあげた。

「――待て！　この泥棒！」

少しの臆病風も吹かすことなく、少年を追いかけるため駆け出したのだった。

希実が捕まえた少年は、水野こだまと名乗った。小さく見えたが、もう小学校三年生だという。家族構成は、母ひとり子ひとり。この時間は家に母がいないため、何かあったら携帯を鳴らせと言い置かれているらしい。

「番号は、むしごろし、うっひっひーだよ！」

母親の携帯番号を、こだまは笑顔で口にした。どうやらそう語呂合わせをして、教え込まれているらしい。

「……ろくな母親じゃなさそうだな」

弘基のそんな意見に、希実も深く頷いた。むしごろしはまだしも、うっひっひーはいただけない。

なぜパンを盗んだのかという暮林の質問にも、こだまは元気よく答えた。

「お姉ちゃんが、パンは好きなだけ持ってっていいって、言ったんだ」

もちろん希実は、言下にそれを否定した。

「はあ？　そんなこと一言も言ってないじゃん。あんたが勝手に持ってってただけでしょ」

声を荒げて言う希実に、こだまはポカンと首を傾げる。傾げて、でも言ってたよ？と言い募《つの》る。ホントだもん。俺、嘘つかないもん。真っ直ぐな目でこだまは訴えるが、もちろん希実には覚えがない。

そうこうしている間に、携帯で電話をかけていた弘基が肩をすくめてみせた。

「ダメだ。母親の携帯、全然繋がんねー。留守電にすらならねー」

そして電話を切り、傍らの暮林に問いかける。

「どうする？　学校に連絡って時間でもねーし。警察に突き出すか？」

するとこだまは、座らされていたイートイン席の椅子から飛び降り、ぶんぶんと首を振ったのだった。

「嫌だ！　警察は困る！」

言いながら幼い彼は、店の隅っこに駆け寄り壁にへばりつき懇願する。

「ごめんなさい！　なんでも言うこと聞くから、許してください！」

大きな目をうるうると潤ませそう言われてしまった希実たちは、困惑含みで顔を見合わせる。ここで警察に突き出したら、ちょっとした鬼じゃなかろうかと、お互い目だけでなんとなく語らう。

「……まあ、今日のところは、穏便に済ませとこうか」

　暮林のそんな判断で、こだまは放免されることとなった。とはいえこのまま店からリリースするわけにはいけない。そこで希実に白羽の矢が立った。

「だって俺らは仕事だし。暇してんのはお前だけじゃん。家に親がいたら、ちゃんとパン代請求して来いよ」

　弘基が当たり前のように、そんなふうに命じてきたのだ。もちろん希実は、なんで私がと不満を漏らした。しかしけっきょく暮林の、希実ちゃんがおってくれて、本当に助かるわー、という笑顔にやられ、しぶしぶではあるがこだまを連れて、彼の家へと向かうこととなった。

「腹が減っとったんなら、食べなさい」

　そう言ってこだまにパンを渡したのは、もちろん暮林だ。彼はこだまが盗んだパンを、店の袋にしっかり包み、小さなこだまの手に持たせた。弘基は甘やかすなと怒ったが、暮林はいつもの笑顔でまあまあといなした。

「子供の腹をいっぱいにするのは、全大人《ぜんおとな》の務めやでさ」

どこまでも泰然自若な人だと、希実は思う。たおやかな暴風が、あたり一面に吹きすさんでいるようだ。

そうして希実は、こだまと連れ立って店を出た。店を出るなりこだまは、ブランジェリークレバヤシの紙袋を持ったのと逆の手を、希実に向かって、ん！ と差し出してきた。何事かと一瞬戸惑ったが、どうやら手を繋げということらしい。そう気付いた希実は、若干ためらいつつもこだまの手を取り歩き出した。

「……家、どのへんなの？」

希実が訊くと、こだまはスキップをしながら返す。

「もっと向こう！」

訊くだけ無駄だと理解した希実は、以降黙ってこだまの進む道を付いて歩いた。こだまはアンパンマンのテーマを歌いながら、暗い夜道を楽しげに進んでいく。子供なのに、夜にずいぶんと慣れているようだ。暗がりを怖がる素振りも見せない。

住宅街から駅方面へと戻り、しかしまたすぐに反対方向の住宅街へ入る。低層住宅地のブランジェリークレバヤシ周辺とは違い、こちら側には高い建物がちらほら見受けられる。そのせいだろう。見える夜空がいくぶん狭い。

比較的古い一戸建てが並ぶ路地に入ると、こだまは突然大きくスキップを踏み出し、そしてそのまま両足で着地し声をあげた。

「着ーいたっ！」

そこには、他の住宅よりも一見して古いとわかるほどの、しかし瀟洒《しょうしゃ》な一軒家が建っていた。ただし、レンガの塀は浸食されていて、あちこちが欠けてしまっている。門柱にかけられた水野という表札も、雨風にさらされたせいか角やへりが丸みをおびている。家の窓には蛍光灯の白い明かりが映っていた。どうやら母親は帰って来ているようだ。

とりあえず、母親に声をかけなきゃだな。希実がそう思った矢先、こだまは希実の手をあっさり放しびゅんと駆け出す。ただいま～！　と声をあげ、瞬く間に家の中へと入って行ってしまう。すっかりふいを突かれた希実は、慌ててこだまを呼び止めようとしたが、すでに後の祭りだった。

「ったく！　あの子は……」

忌々《いまいま》しく呟きながら、希実は表札脇のインターフォンを押してみる。しかし、うんともすんとも言わない。もう一度押してみても、状況は変わらない。そして三度目に、ようやく希実は気が付いた。このインターフォン、壊れてんじゃん。

だから希実は仕方なく、玄関の引き戸を開けこだまの母を呼び出そうと試みた。

「……ごめんくださーい。ちょっとお話が、あるんですがー」

暗い廊下の向こうからこぼれる薄い蛍光灯の明かりに向かって、希実は声を張りあげる。するとその返事は、思いがけず背後からやって来た。

「はいー。なんでしょうかー？」

驚き振り返ると、そこには白いワンピースを着た若い女が立っていた。

「あ……。あの、私、ブランジェリークレバヤシという、パン屋の者なんですけど」

言いながら希実は、女を観察する。ぱっと見は若いように感じられたが、よくよく見るとそうでもない。低めの鼻や真っ直ぐに切り揃えられた前髪が、そこはかとない幼さを与えているだけで、顔には細かなしわと疲れが見てとれる。

女はそんな希実を前に、不安そうに眉根を寄せ訊く。

「パン屋さんが、何か……？」

「……あの、こだま君の、ご家族の方ですか？」

「はいー。あたし、あの子の母親です」

やはりそうかと希実は納得する。しかしだったら、あの部屋の明かりは誰がつけていたんだろうか。そんな疑問も湧いてきたが、それより今は事情の説明だ。希実はあたりをうかがいつつ、声を落としてそっと伝える。

「……実は、こだま君が、うちのパンを持ち去ろうと、しまして」

するとこだまの母親は、目をぱちくりさせて言う。

「……持ち去り、ですか？」

「まあ、要するに、万引きみたいな？」

「……マン、ビキ？」

万引きという言葉の意味が、まるでわからないかのようにこだまの母親は首をひねる。ひねって、あの子が、マンビキ、あの子が、マンビキ、とブツブツ繰り返しはじめる。そして、やっと事態を理解したように、ああ！　万引きを、したんですね！　と叫び、やにわに地面に膝をついた。

「あ、あの……？」

母親の予測不能な行動に、希実は戸惑い声をかける。しかし彼女は慌てふためいた様子で、さらに地面に手をつき、土下座の姿勢で謝りはじめる。

「──す、すみません！　あの子が、万引きだなんて……。本当に、本当にすみません！　あの、捕まえるなら、あたしを捕まえてください！　あの子に、罪はないんです！　許してください！　お金なら、お支払いしますので！　なにとぞ……！」

そこまで平身低頭に出られると思っていなかった希実は、相当に面食らいつつ、それではとレシートを差し出す。

「……二三六〇円です」

するとこだまの母親は、肩から下げていたバッグの中身を地面にひっくり返し、出てきた財布から一万円札を抜き取ると、それを希実に渡してきた。

「足らないようでしたら、また後日お支払いしますので……」

「……いや、あの、これじゃ多過ぎます。代金は二三六〇円ですから……」

しかしこだまの母親は、気持ちですからと頑なに一万円札を押し付けてきた。

「――どうか、これでお許しください。二度とこのような真似はさせませんので」

それで仕方なく、希実がそれを受け取ると、こだまの母は地面に手をつき謝罪した。すみません。本当に申し訳ありません。そして、よく、言って聞かせますからと言い置いて、地面に放り出したバッグの荷物はそのままに、家の中へと飛び込んで行った。

「……？」

何をする気だろうと、希実が半ば唖然としていると、家の中からガラスが割れるような音が響いた。

「――!?」

そしてそれに続き、ピシャリピシャリと頬を打つような音も聞こえてきた。するとすぐに、子供の泣き声もやってきた。泣きながら、その声は謝っている。ごめんなさい、

ごめんなさい、もうしません。しかし頬を打つ音は、繰り返し聞こえてくる。

「……あ」

希実の体は、わずかにすくむ。そして半ば無意識のうちに耳を塞《ふさ》ぎ、その場を逃げるようにして駆け出してしまった。

どれくらい走ったか、大通り近くの歩道に辿り着いた希実は、息を切らし立ち止まった。もう、子供の泣き声は聞こえなくなっていた。もちろん、頬をぶつようなあの音も、していない。そのことに希実は、小さな安堵の息をつく。よかった。音は耳に残っていない。

「……」

それでも希実は、先ほどの出来事を払いのけるように、小さく首を振る。

嫌な場面に居合わせちゃったな。

ため息まじりで夜空を見上げると、そこには街の光を含んだ灰色がかった雲が、地上を圧迫するかのように、嫌気がさすほど立ち込めていた。

希実の母は、幼い希実によく言ってきかせていた。

「親は子供を選べないけど、子供は親を選べるのよ。子供たちは雲の上で、あの女の人の子供になろうって決めて、生まれてくるの。だからのぞみんも、ハハを選んでやってきたのよ」

だから自分との暮らしに生じるもろもろを、耐えて忍んで我慢しろと、そういう意味なのだろうと希実は認識している。ひどい詭弁《きべん》だとは思うが、それでもそうと諦めて、現実をやり過ごすにはちょうどいい呪文でもあった。私が母を選んでしまったのなら。仕方がない。自己責任というやつだ。自分で選んでしまった以上は、愚痴も不満も飲み込まなければ。

だからこだまについても希実はそう理解した。こだま自身があの親をあの巣を、これと選んで生まれてきたのだから、まあ仕方がない。がんばれ、少年。あの母親はちょっと難ありだが、それも含めて君の人生だ。他人事のように、そう思った。何より実際、他人なのだ。あの母親に不具合を覚えたところで、希実にすべきことなどない。

だから希実は、こだまの母に渡された一万円を店へと持ち帰り、端的に説明した。

「家は駅向こうだった。古いけどけっこうちゃんとした家だったよ。家にはお母さんがいた。で、この一万円。悪いことしちゃったから、おつりはいらないって」

これ以上関わることはないだろうと、思ってそう言ったのだ。しかし一万円を受け取った暮林が、それは困ったと言い出したことで希実の未来予想は覆された。

「いらんと言われても、おつりは渡さんと」

そしていつもの笑顔で、希実に小銭を差し出し言ったのだった。

「明日の夕方にでも、届けてやってくれんか？　おつり」

どうしてわざわざそんなことをと、当然ながら希実は思った。だってあの母親が、おつりはいいといったのだ。何よりあの子は万引きを働いたのだ。迷惑料だとでも思って、受け取ってしまえばいいじゃないか。

しかし暮林が両手を合わせ、頼むわと懇願してくるので、仕方なく希実はおつりを受け取ってしまった。なんだかどこまでも暮林に弱くなっているなと、希実は自己分析する。実は赤の他人なのに、家に住まわせてもらっている引け目のせいか。あるいは妻を亡くしてまだ半年の暮林に、多少の同情を感じているのか。

翌日は朝から雨が降っていた。希実は渡された小銭を制服のポケットに仕舞い、学校へと向かった。こだまの家には、学校帰りに立ち寄るつもりだった。駅から向かえば、そう遠くもない距離のはずだ。

四月ももう終わろうというのに、降り続く雨のせいか、その日はずいぶんと冷えた。下駄箱で冷える腕をさすりながら靴を履《は》き替えていると、思いがけずクラスメイトの女の子に声をかけられた。

「おはよー、篠崎さん。今日、寒いねー」

あんまりさらりと言われたので、思わず後ずさってしまうほどに面食らったが、それでも希実は、うん、そうだね、あ、おはようと、どうにか返した。すると彼女は、ねーとまた繰り返し、そのままさっさと校舎の中へと入って行った。

「……」

二年生に進級して一ヵ月弱。涼香との一件以来、嫌がらせは、だんだんと凪《な》いできている。彼女のように、挨拶してくれる人もちらほら出てきた。

それもそうかもなと、希実は思う。何しろ私たちは、もう十七歳になるのだ。誰かを貶め単に楽になれるほど子供ではない年頃に、みんなさしかかってきているのかも知れない。

放課後になっても雨は降り止まず、空にもどんよりとした雲がずっとたれ込めていた。希実はそんな鉛色の空をビニール傘越しに見つめながら、こだまの家へと足を運んだ。こだまがいるとは限らなかったし、あの母親に至ってはたぶんいないだろうと踏んでいたが、とにかくおつりを玄関先にでも置いてくれればいいんだからと考え、水たまりを避けつつ先を急いだ。

雨の日のこだまの家は、水を吸い込んだスポンジのように、ずっしりと濡れていた。

夜には見えなかったが、屋根には苔が生えていて、そこから少々の雑草が伸びている。門扉から玄関に向かう庭も荒れ放題で、緑の草たちが勝手気ままに自生していた。

「ん……？」

そんな草むらの中、ぴょんぴょんと飛び跳ねるように動く黒い影が、希実の視界に映った。

「――あ」

影の正体はこだまだった。こだまは雨が降りしきる中、服も髪もびしょ濡れにしながら、何かを追いかけるようにして狭い庭を駆け回っていた。

「……何やってんの？」

希実が声をかけても、こだまの耳には何も入らない様子で、嬉々と何かを追い続ける。よくよく見ていると、足元に何か生き物がいるようだ。こだまはそれを捕まえようと、思い切りよく草むらへダイブする。

「やった！　つーかまえた！」

泥だらけになったこだまは、両手で覆《おお》うようにして持った何かを、頭上へと掲げる。そしてその何かに、笑顔で声をかける。

「また会ったな。ひかり！　元気だったか？」

何に話しかけているんだろうと、希実はこだまをじっと見詰める。ビニール傘に、バラバラという雨の音が響く。まるでマシンガンの音のようだ。その音が耳に届いたのか、こだまはハッと顔を上げ希実を見止める。

「……あ、昨日の……」

呟くようにこだまは言って、そのままパッと笑顔を見せた。そしてそのまま立ち上がって、希実のほうへと駆けて来た。

「ねえ、見て見て！」

言いながらこだまは、手にしていたそれを希実の前へと差し出す。

「俺の、子分！　ひかりっていうの。冬眠から、やっと起きてきたみたい」

それは茶色いイボで飾られた、紛うことなきヒキガエルだった。

女子的な心得としては、キャーとかイヤーンとか言うべきなんだろうかと思いつつ、しかし両生類にはまったく動じない性質の希実は、手の平のヒキガエルを見下ろし冷静に返す。

「……へえ。かわいいじゃん」

するとこだまは顔をくしゃくしゃにして、ン！　とヒキガエルをさらに近づけてきた。察するに、触ってもいいよということらしい。どうやら希実の反応に、ずいぶん気をよくしたようだ。だから希実は、人差し指でちょんちょんとカエルの頭を触ってやった。子供の好意を無下にする趣味はないのだ。そしてたしなめるように付け足した。

「でもこのカエルは、あんまりそうやって触らないほうがいいかもよ。皮膚から毒を出すのもいるから、手がかぶれちゃうかも知れないし」

そんな希実の言葉に、しかしこだまは目を丸くして、手の中のヒキガエルに声をかける。すげー！　ひかり、毒出せるのか！　つえーな！　興奮気味に言うこだまに、思わず希実は小さく笑ってしまう。まったくこの子は、無邪気というかなんというか。

いいなー、毒！　俺も毒出せるようになりてー！　真剣にカエルに言い募るこだまの頬には、昨夜母親に殴られたと思しき青あざが、薄く残っている。

「……」

希実はそっとビニール傘をこだまに傾ける。瞬間、傘に当たる雨音が、少し大きくなって聞こえだす。バラバラバラ。バララララ。

「……あのさ、君さ」

「何？」

「ひかりと遊ぶのもいいけど、そろそろ家に入れば？」

「え？　何？」

「……だから。そろそろ家に入らないと、風邪引いちゃうよ！」

声を大きくしてそう言うと、思いがけずこだまがふっと動きを止めた。

「……ああ、うん。そう、なんだけど」

そして雨に濡れた顔を持ち上げて、所在なさげに希実を見上げた。

「……？」

その時のこだまの目が、ガラス玉のように見えた。瞬間希実の耳には、バラバラという音がうるさく届きはじめる。こだまに見詰められているうちに、その音がどんどん大きくなっていくような気がしてくる。バラバラバラ。やはり銃声のように、聞こえてならない。無慈悲に人を撃ち殺していくような音。バラバラバラ。

しばらく希実を見詰めていたこだまは、しかしようやくもごもごと何か言い出した。

「……。……なんだ」

だがバラバラという雨音がこだまの声をかきけしてしまう。聞き取れなかった希実は、やはり大きな声で返す。

「……何？　どうしたの？」

するとこだまは少し言葉を詰まらせたあと、声のボリュームを上げて言った。

「ダメなんだ。鍵がかかってて、入れない」

耳の奥にざらりとしたものを感じつつ、それでも希実は訊き返す。

「どういうこと？　鍵、落としたの？」

するとこだまは肩をすくめる。

「……そうじゃ、なく……。うちの中から、鍵が……入れないんだ」

バラバラバラ。雨音が、大きくなる。希実はぼんやりと、こだまを見つめてしまう。

「……が、中にいる時は……邪魔……。だ……仕方……。俺、外で待って……きゃ」

希実はじっと、こだまの口を見詰める。見詰めて、聞こえなかったこだまの声を頭の中で補完していく。

バラバラ。そうじゃなくて。バラバラバラ。うちの中から、鍵がかけられてて、入れないんだ。バラバラバラララ。家族みんなが、家の中にいる時は、俺は邪魔なんだって。バラバララ。だから仕方ないんだ。バラバラバラ。俺、外で待ってなきゃ。

「――」

それと同時に、脳裏に昔の記憶が蘇ってしまう。入ることが許されない家。降りしきる雨。ソックスに跳ね返った泥の跡。冷えた指先。前髪からしたたる水滴。遠くから聞こえてくる笑い声。雨音のすきまから、いくらもこぼれて聞こえてくる。左の耳の奥がひどく痛む。左の頬も、ずいぶんと熱い。

「……」

いつのことなのかも、どこでのことなのかも、よく覚えていない。ただ、体に残っているその感覚が蘇るたび、希実の頭の中はいつもぼんやりしてしまう。自分が自分でないような、意識がどこか遠くへ行ってしまったような、奇妙な感覚に襲われる。

そのせいだろう。その時も希実は、こだまが声をかけてくるまで、意識を飛ばしてしまっていた。

「……お姉ちゃん？　どうしたの？」

こだまのそんな問いかけに、希実はハッと我に返る。

「あ……」

気付くと手にしていたビニール傘を地面に落とし、雨に打たれてしまっていた。

「……大丈夫？　お姉ちゃん」

心配そうに訊いてくるこだまに、希実は思わず苦く笑ってしまった。どうかしてるのは、この子のほうなはずなのに。逆に心配されてしまうとは。私も私で、ちょっとどうかしてるのかも知れないな。

そして希実は、こだまをブランジェリークレバヤシに連れて帰ってしまった。なんとなく、そうするべきなんだろうなと思ってしまったのだ。

ずぶ濡れになって現れた希実とこだまに、弘基はやはり片方の口の端を上げ言った。

「なんだ、二人そろってプール開きか？」

そして暮林はタオルを差し出し、

「早よ着替えな。風邪引いたらいかんで」

そう言って、笑ってくれた。

「風呂でも入って温まらんとな。風邪は万病のもとやで」


それからというもの、こだまはたびたびブランジェリークレバヤシに現れるようになった。そうするように、希実が言い聞かせたのだ。

「お母さんが家にいない時はお店においで。ご飯がない時もあのパン屋に来れば誰かがいるし、何よりおいしいパンがいつだって用意されてる。悪い話じゃないでしょ？」

こだまがやって来る時間は、いつもまちまちだった。夕刻頃に駆け込んで来ることもあれば、真夜中にひょっこり顔を出す日もある。気付くと明け方、店の前で空を眺めていたこともあった。

「だってこっちの空のほうが、なんかでっかいんだ」

こだまという少年は、大きいものをやたらと好む傾向にあった。ヒキガエルのひかりを飼いはじめたのも、その嗜好に由来していた。

ちなみに、ひかりのもともとの名前は、こだまジュニアだったらしい。公園の池でつかまえた大きなオタマジャクシに、こだま自身がそう名前をつけたのだという。

「俺の子分だから、こだまジュニア、略してジュニア。最初は、すげーでけーオタマジャクシだったんだ。それで、子分にしたいと思ったの。でも、飼いはじめたら、手とか足とかがにょきにょき生えてきて、カエルに変身したんだよ。でね、でね。こだまは、進化するとひかりになるでしょ？　だから、ひかりって名前に変えたんだ」

そんな説明に、しかし希実は意味がわからず、ん？　と首をひねってしまった。こだまが進化って、いったいそれはどういうことだ？　すると傍らにいた暮林と弘基が、なるほどと希実の肩をポンポン叩き、揃って笑い出したのだった。

「ちゅうことは、こだまの最終進化型は希実ちゃんやな」

「さしずめ新幹線姉弟てとこだな。よかったじゃん。かわいい弟分が出来て」

二人の発言を聞くなり、こだまはすぐに目をきらきらさせはじめた。何？　どういう意味!?　希実ちゃん、そんなすげーの？　新幹線姉弟って、何!?　そして弘基からレクチャーを受けるなり、尊敬の眼差《まなざ》しでもって希実を見詰めるようになった。希実ちゃん、なんかすげー！　俺も早く、希実ちゃんになりてー！　おそらく正確な意味は理解していないのだろうが、とにかく期せずして敬われるようになったのだった。

そしてこだまは、パン作りの練習にも時おり参加するようになった。猫にだって教えてやるという弘基の言葉に、嘘偽りはなかったらしい。しかも弘基は、こう言ってはばからない。

「この三人の中だったら、こだまのセンスが断トツだな」

確かにこだまは、一生懸命生地を捏ねる。わき目もふらず、一心不乱といった様子だ。しかしそこはやはり子供。分量はしっかり間違えるし、出来上がった生地も荒い。つまり弘基は子供にやる気を持たせるため、誉めて伸ばす方針をとっているのだろう。そう思っていたが、どうやらそういうことでもないらしい。

「言っただろ？　大事なのは愛情をもって接することだって。こだまはちゃんとそれが出来てる」

そんな弘基の言い分に、希実はやはり疑問を呈す。

「何を基準に、あんたは愛とか言ってるわけ？」

すると弘基は、呆れ顔を浮かべ断言した。

「お前、人を好きになったことがないだろ」

その点に関しては図星なので、希実はしばし沈黙した。それを見た弘基は、やっぱりなど鼻で笑い高らかに続けた。

「そこには思うことの全てがある。もちろん、いいことばかりでもない。嫉妬、執着、憎悪。マイナス要素も盛りだくさんだ。だから難しくて、だから尊い。わかるか？　女子高生」

そして弘基は、また計量カップを持ち出し語った。

「一番わかりやすいのは、手を放す瞬間だな。手放して清々するようなのは論外として、未練がましく摑んだままいるのも話にならない。相手にとって一番いいタイミングで、でも本当は手放したくない、もっと触れていたい、それくらい相手を思う気持ちを持ちながら、だからこそ優しく手を放す。要するに、別れ際に人間性が一番出るっつーかな」

その説明に、希実は思い出す。言われてみれば確かにこだまは、ひかりを草むらに帰す時、名残惜しそうに、だけどちゃんと手放していた。つまりはそういうことなのか。

「……なる、ほど？」

しかもこだまには、ずいぶんと愛しい片思いの相手がいる。弘基にパン作りを習う際、必ずチョコレート入りのパンを所望するほど、彼はその女の子を想っている。

「だって織絵《おりえ》ちゃんは、しょっちゅうチョコを食べてるんだ。食べると元気になるんだって。だからパンに入れたいの。織絵ちゃんが喜んでくれると、俺もすげー嬉しいんだ！　だから俺、いっぱいチョコレートのパンを作るの」

かつて万引きしたパンが、全てチョコレート系のそれだったのも、どうやら彼女のためだったようだ。善悪の判断もつかない子供のくせに、そういう気ならば回るらしい。しかも出来上がったパンは、暮林のラッピングを真似てずいぶんと丁寧にしてみせる。よほど織絵ちゃんに参ってしまっている様子だ。

それでも家に帰る時はやはり、ん！　と手を差し出してくる。手を繋いでやれば嬉しそうに、スキップをして歩き出す。多少ませた部分はあっても、しょせんはまだまだ子供なのだ。

「……今日は、こっちから帰るの？」

「うん！　この道から帰ると、三毛猫と会えるんだよ」

たびたびこだまを家まで送る中で、希実はこだまが道にひどく詳しいことに気付いた。何しろ毎回、家までの道順が違うのだ。この道は、チューリップの花壇が見れるよ。こっちには、龍のいるお寺があるよ。この先には、でっかい犬がいるんだ！　そんなことを言い出して、くるくる道順を変えてしまう。

生まれ育った街だからかなとも思うが、それだけではないような気もする。たぶんこだまは長らくひとりで、夜の道を徘徊し続けてきたのだ。家に入ることが許されない、その間。あるいは母が、家を空けてしまっているその間。夜の街を、ひとり歩いていたのだろう。

「……ねえ、こだま。昨日の夜も、ひとりでいたの？」

「うん、そうだよ」

「……ごはんは、食べた？」

何しろ希実は、気付いてしまったのだ。気付くために、ここしばらくこだまの動向を見守ってきた。

「給食、食べたよ！」

「……ふうん。そっか」

こだまのいる巣は、空っぽだ。親鳥がちゃんと帰っていない。帰っても、エサを運んで来てくれていない。だからこの子は夜の街を、ひとりでふらふら歩き回るのだ。うまくいけばのん気な店で、万引きなんかを働いて自分でエサを調達する。寂しければ道端で、猫やら花やらに触れその気持ちを紛らわす。世で言う育児放棄というやつに、近い状態なのかも知れない。そこまで希実は突き止めた。

こだまの母とも、あれから何度か出くわした。彼女はいつも、その年齢には見合わないような少女趣味な服を着ていて、媚《こ》びるような目で希実を見詰めるのだった。

「うちのこだまが、また、何かしたんでしょうか？」

怯えたように彼女は、いつもそんなふうに訊く。

「何かあるようでしたら、なんなりと言ってください。あの、父親がいないものですから、教育が行き届いていないところが、あるのかも知れませんし……」

しかし希実は腹立ちを隠し、努めて冷静に返しておいた。

「こだまくんは、いい子ですよ」

奇妙なほどに卑屈なこの母親が、無用にこだまを攻撃しては敵《かな》わないと思ったからだ。

「悪いところなんて、ぜんぜんありません」

あるいはもしかしたら、彼女に少しだけ、期待をしていたのかも知れない。カッコウの母のような女が、そうそういるわけがないと、信じたかったのかも知れない。

お前のパンは臆病だと言われても、少しも気にならなかった。自分が臆病だとは、まったくといっていいほど思わなかったからだ。しかしその事実を知った時、希実は自分を疑った。

もしかしたら私は、やり方を間違えていたのかも知れない。本当はあの人に、問いただすべきだったのかも知れない。あなた、こだまのこと、ちゃんと育ててるんですか？　しかしその一言が口に出来ないほど、私は臆病だったのかも知れない。

その日こだまは、夕方過ぎにブランジェリークレバヤシへとやって来た。その頃店にやって来るのは、パン作りの練習に参加するという彼なりの意思表示でもあった。

「今日も、チョコレートの作る！」

こだまは笑顔でそう言って、チョコクロワッサンを作り上げた。子供だから覚えがいいのか、それとも単に本人の筋がいいのか、ほとんど弘基からの注意も受けず、するりとパンを作り上げた。

「織絵ちゃんへの、愛の力だな」

弘基が言うと、暮林も頷いた。

「愛は、偉大やな」

そしてこだまはいつも通り、綺麗にパンをラッピングして、希実に、ん！　と手を差し出してきた。思い起こせばここ何日か、店の外に出る前に、ん！　とやるようになっていた。変化らしい変化はそれだけで、だからそこにも気付くべきだったと、のちに希実は反省した。

家に着くと、相変わらず部屋の明かりがつけっぱなしになっていて、それが水野家の日常なのだということを、希実はすでに知るようになっていた。明かりを見止めると、こだまは希実の手を離し、じゃあねと言って家のほうへと駆け出した。そしてそのまま、縁石につまづき転んでしまった。

「何やってんの、こだま……」

たかが転んだだけだったから、希実は笑って声をかけた。しかしすぐに、それが笑い事ではないことに気付いた。転んだこだまはうずくまったまま、地面に打ち付けたらしい右手を押さえ、痛みを必死に堪えていたのだ。

「――こだま？」

慌てた希実はこだまを背負い、近くの救急病院まで走って行った。診察の結果、右手親指の骨に、ひびが入っていると診断された。

「ひび自体は、全治で二週間ほどでしょう。ただ、弟さんはずいぶん骨が弱いようですな。栄養状態も悪い。普段の生活で、お姉さん、何か思い当たりませんか？」

こだまを自分の弟と偽り病院に連れ込んだ希実は、その嘘が露顕しないよう注意深く答えを返した。

「……そう、ですね。この子、好き嫌いが激しくて。食も細くて」

何しろこだま自身が、病院へと向かう道中に頼み込んできたのだ。病院で、自分の素性を明かさないで欲しいと。自分が水野こだまであることがバレるくらいなら、病院には行かないほうがマシだと。

「親も、ほとほと手を焼いてるっていうか……」

そんな希実の言葉に、医師がうむと考え込み言い出す。

「とりあえず、ご両親に連絡はとれますか？　お嬢ちゃん、保険証もお金も持って来てないんでしょ？」

「はあ……」

「院内は、携帯の使用が禁止だから、ここの電話を使いなさい」

デスクの上の電話機を指し、医師が言う。その笑顔は、親切な紳士そのものだ。しかしもしかしたらこれは、図られているだけかも知れないと希実は思う。何しろこのご時世だ。子供の怪我には、医療機関も敏感になっていることだろう。

仕方ない。希実は覚悟を決めて受話器をあげる。そして、携帯の電話帳を参照しながら、ゆっくりとダイヤルを押していく。

三回のコールで、暮林が電話に出た。もしもし？　どちら様ですか？　そんな暮林の声を確認し、希実は一気にまくし立てる。

「――お父さん！　私、希実！　大変なの！　こだまが怪我をして、今病院にいるんだけど！　早く来て、お父さん！　こだまと一緒に、待ってるから！」

そして病院の名前と住所を告げ、素早く受話器を置いたのだった。

暮林が病院に駆けつけたのは、それから十五分もしない間だった。コックスーツを着たまま、息を切らし暮林は現れた。

暮林を見止めるなり、希実は先手を切って声をあげた。

「――お父さん！」

すると、ある程度状況を察したらしい暮林が、下手な芝居で合わせてくれた。

「希実！　お父さんが来たからには、任せて安心だからな！　こだまは大丈夫なのかい!?」

標準語で喋り出したのは、弘基が考えたセリフをそのまま口にしたかららしい。そして希実たちは、どうにかその三文芝居を演じきったのだった。

そしてそのまま、希実たちはこだまの家へと向かった。希実が水野家の玄関に足を踏み入れたのは、実に三週間ぶりのことだった。

するとそこには、ゴミ袋の白い山が出来上がっていた。

「……ひどい」

そしてその白い山脈は、廊下にも点々と続いていた。

「こんなことになってるなんて……」

家の中の様子を見やり、希実は思わずそうこぼしてしまった。こだまを背負った暮林は、黙ったままやはり室内の様子をうかがっている。

「最後にこだまの母親を見たのは、十日くらい前かな。もともとビクビクしてるような人だったから、様子がおかしいとか、わかんなくて……」

言いながら希実は、暮林の背中でぐっすり眠っているこだまを見やる。

「この子も、お母さんがいなくなったなんて、一言も、言わなかったし……」

言いながら希実は、ところどころ声を詰まらせてしまう。すると暮林は、仕方ないよと小さく笑って、希実を家の中へと促した。

「それよりとりあえず、こだまを寝かさんと」

こだまの部屋は、二階の角にあった。室内はもちろん散らかってはいたが、ベッドの上だけは綺麗だった。暮林はそのベッドにこだまを下ろす。こだまはぐっすり眠ったまま、ただただ寝息を立てている。

「……こだまの着替え、探すね」

希実の言葉に、ああ頼むと、暮林は頷く。希実はそれを確認して、タンスの引き出しを開けていく。開けていきながら、暮林の背中に訊いてみる。

「ねえ、暮林さん」

「ん?」

「……こだまのこと、どうする?」

その言葉に、暮林もうーんと考え込む。

「……どうした、もんかなぁ」

病院からの帰り道、こだまは母親についての告白をしたのだ。

「時々、出て行っちゃうことがあるんだ」

当たり前のようにこだまが言うのは、それが本当にさしてめずらしいことではないからなのだろう。

「一日だけの時もあるけど、ずっとの時もある。全部が嫌になるんだって、言ってた。辛いんだって。朝、起きるのも、夜、寝るのも、ご飯を食べるのも、全部全部。かわいそうなんだ。だって、全部が辛いんだもん」

関係ないよと、希実は思った。辛いなんて言い訳だ。そんなことが、子供を置いて逃げていい理由になるはずがない。朝起きるなんて、みんな辛い。夜だって、上手く寝れないことのほうが多いだろう。ご飯を食べることだって、億劫な人もいるよ。それでもみんな逃げないで、どうにかやり過ごしているんじゃないか。

「でもその間、俺がいい子にしてないと、ダメなんだ。特に、警察は絶対にダメ。病院も、危ないって言われてる。悪いことすると、俺、また施設に行かなきゃいけなくなっちゃうんだって」

よくよく訊くとこだまは以前、母親と引き離され、少しの間施設で暮らしていたのだそうだ。理由はこだまにもよくわからないらしいが、知らない大人がやって来て、半ば強制的に施設へ連れて行かれてしまったらしい。

「別に俺、子供じゃねーし。施設は平気だよ。俺、つえーもん！　うん、だからね、俺は平気なんだけどね。織絵ちゃんが、かわいそうだから、ダメなんだ。俺は、ここにいないと、ダメなんだ」

そんなに織絵ちゃんが大事なの？　希実が訊くと、こだまは当然のように頷いた。

「うん！　だって織絵ちゃんは、俺のお母さんだもん」

そして笑って、また頷いた。

「お母さんは、大事だよ」

そして一生懸命言い連ねたのだ。

「俺はここにいて、織絵ちゃんを待ってなきゃいけないんだ。織絵ちゃんが帰って来た時、寂しくないように。俺はちゃんと、ここにいるんだ」

こだまのそんな言葉を思い出しながら、希実はタンスの引き出しを下から順に探っていく。どのタンスの中もたたまれていない洋服でごちゃごちゃだ。きっとあの母親は、家にいる時もろくに家事などしていなかったのだろう。いつもビクビクして、他人の顔色はうかがうくせに、こだまの髪は伸びっぱなしで、骨はもろくなるほど痩せ過ぎだ。

「……施設に入ったほうが、こだまは幸せかもね」

希実の言葉に、暮林は黙ったまま振り返る。でもその顔は、いつものようにどこか微笑んでいるままだ。

「この子の母親に、親の資格なんてないでしょ。何度も家を出て行ってるって、何度もこの子を捨ててるってことなんだよ？　それで母親なんて、虫がいいにも程がある。子供を傷つけるだけの親なんて、ホント消え失せろって感じだし」

ずいぶん口汚いことを言っているのに、暮林は微笑んで聞いている。いつもの態度を崩さない。だからこちらはいかようにも、いつものペースを崩してしまえる。

「大体、子供をなんだと思ってんのよ。子供だから、なんにも考えないで、無邪気にはしゃいで笑ってるとでも思ったら、大間違いなんだからね。こっちはめちゃくちゃ大人の顔色うかがてるっつーの。バカみたいに、必死に空気読んでるよ」

暮林はずるいなと、希実は思う。いつも私ばかりが、怒ったりわめいたりすねたりしている。なんだかまるで、聞き分けの悪い子供みたいだ。

「……子供だって、色々キツいのにさ。何度も何度も捨てられてたら、普通滅入るって。こだまだって、待った分だけ、きっともっと辛くなるよ……」

吐き出すように言いながら、希実は一番上の引き出しをぐいと開ける。開けて半ば力任せに、中のシャツを引っ張り出す。

「……あ？」

するとその拍子に、ぼろぼろと白いかたまりが、タンスの中からこぼれ落ちてきた。

「え……」

白いその包みには、どれにも「Boulangerie Kurebayashi」の刻印がしてある。

「……これ？」

すると暮林が、近くに転がってきたひとつを手に取り、ははあと笑った。

「こだまが、作っとったパンや。こいつ、自分で食わんと、お母さんのためにとっといたんやな」

瞬間希実の脳裏に、こだまの言葉が蘇る。織絵ちゃんが喜んでくれると、俺も嬉しいんだ。だから俺は、いっぱいチョコレートのパンを、作るんだ！　そんなことを思い出し、希実は言葉を失くしてしまう。

「——」

何しろ同時に、思い出してしまったのだ。子供の頃、自分だって似たようなことをしていた。

例えば祖父母の家に程近い海辺で、桜貝のかけらを見つけるたび、拾ってこっそり取っておいた。それだけじゃない。空き地に咲いていた花の種、四葉のクローバー、綺麗な蝉の抜け殻。そんな他愛ないものたちを、一生懸命集めていた。いつかお母さんが迎えに来てくれたら、あげようと思っていたのだ。いつか迎えに来てくれたお母さんに、どうにか喜んで欲しくて、バカみたいに、そんなこと——。

「……バッカみたい。あんな母親のために、なんで……」

そう言いながらも、希実にはなぜこだまがそうしているのか、なんとなくわかっていた。あんな母親であっても、こだまにはたぶんそれしかないのだろう。

「……なんで、こんなこと……」

希実だって、そうだった。あんな母親でも、幼い頃の希実にとって、拠りどころは彼女しかなかったのだ。味方のいない巣の中で、いつも希実は思っていた。いつかお母さんが、迎えに来てくれる。いつかきっと絶対に。お母さんは、来てくれるんだから。だから私は、大丈夫。それが希実の、唯一の祈りで唯一の救いで、どうしても捨てられないかけらのような希望だった。

「……」

だからたぶん、こだまも似たようなものなんだろう。おそらく今の彼にとって、それが支えで救いなんだろう。

「……ホント、バカみたい」

絞り出すように希実が言うと、暮林はそうやなと小さく笑った。笑って、眩しそうにこだまを見やった。

「その通りやわ。子供はバカやで、希実ちゃん」

言いながら暮林は、こだまの頭をそっと撫でる。

「バカみたいに親が好きで、好きで好きで、好きで仕方がない」

そして、希実を振り返り、また笑った。

「そやで、こだまのお母さんが戻ってくるの、もうしばらく一緒に待ってみんか？　この子まだ、信じて待ちたいみたいやし。まあ、乗りかかった船みたいなもんでさ」

やっぱり暮林はずるいなと、希実は思う。私が言って欲しいことばかり、この人は言ってくる。

「……な？　そうしよ？　希実ちゃん」

おかげでいつも私ばかりが、泣き顔を見せているような気がする。

「……うん」

私ばかりが、助けられているような気がする。

「……そう、する」

＊　＊　＊

「お母さんがいない間は、私がこだまを守ってあげるからね」

パン屋で出会った女は、こだまにそんな約束をした。

「こだまの進化型はひかりで、そのまた進化型はのぞみっていうの。私はその希実だから、こだまを守る義務があるんだよ。わかる？　だから、困ったことがあったら、ちゃんと私を頼りなさい。いい？」

俺やひかりの進化型が、こんな姉ちゃんだったとは、まったく思いもよらなかったなと、こだまは心底うなってしまう。進化ってすげー、なんかつえー。

真夜中のパン屋は、前のパン屋とずいぶん違う。パンを作ってるのはオセロみたいな二人の男で、その真ん中に希実ちゃんがいる。人が多い分、前よりずいぶん騒がしい。

でも悪くない。弘基はパンを教えてくれるし、クレさんはなんだか知らないけどいつもにこにこ笑ってる。にこにこなのは、いいことだと、こだまは思っている。悲しくても、笑ってると楽しい気がしてくるし。

「私の携帯番号は、みんなころべよ、むひひひ、だから。なんかあったらここに電話をするんだよ。いい？　言ってごらん。みんなころべよ、むひひひ」

ずいぶんな語呂合わせだが、こだまはこういう語呂合わせが嫌いじゃない。みんなころべよ、むひひひ。口の中で呟いて、ぎしししと笑う。むひひって、楽しい。楽しいと、悲しいのは遠くなる。

むひひひ。織絵ちゃんにも、教えてあげたい。

そんなことをこだまは思い、パンの生地をせっせと捏ねる。

織絵ちゃんにはしばらくパンを渡せないけど、でも、他にあげる人がいるから大丈夫。希実ちゃん、弘基、それからクレさん。ひかりにも、あげなくちゃ。俺、けっこう忙しい。がんばってパンを作らなきゃ。

「好きな人には、おいしいパンをあげるといいよ」

お姉ちゃんが言ってたから、俺、そうする。そう思ってパンを作ると、楽しくなる。ぎしし。俺、笑っちゃう。

織絵ちゃんは、きっと楽しいが足りなかったんだと思う。だから俺、いっぱいの楽しいを用意して、織絵ちゃんの帰りを待ってる。むひひひ、ぎしし。

だって悲しいは、いっぱいあるし。

だから楽しいを、たくさん拾って集めなきゃ。

Division & Détente

——分割 & ベンチタイム——

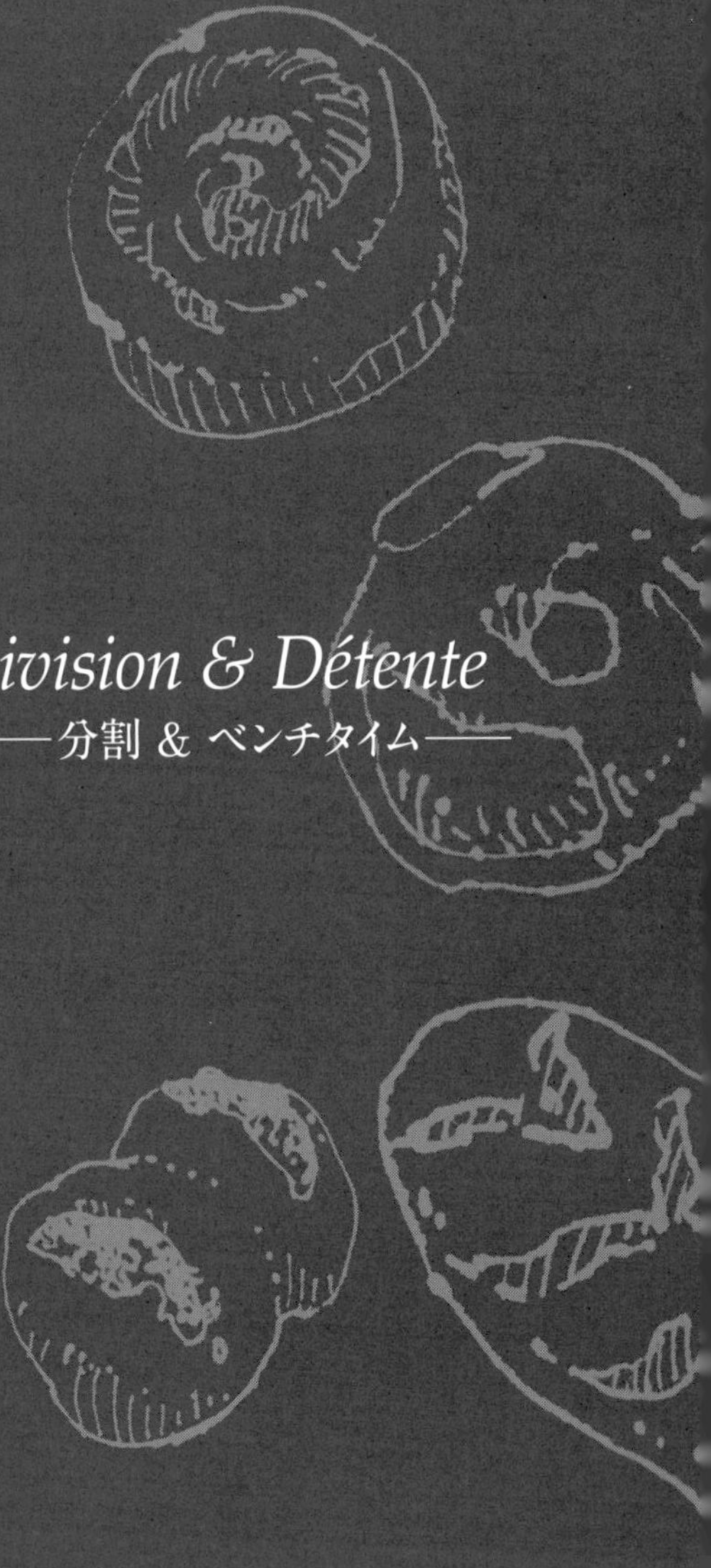

斑目裕也《まだらめゆうや》の人生は、四十二㎡のワンルームで事足りる。八階建て最上階のその部屋は、窓を三面有しており、そこからは街の景色が見渡せる。素晴らしい部屋だと、斑目は自負している。四十二㎡で完結された世界。完璧な安定がそこにはある。

食事はデリバリー、買い物はインターネット、散歩だってルームランナーを使えばすませてしまえる。脚本家という仕事柄、打ち合わせのため製作会社やテレビ局に足を運ばねばならないこともあるが、それとて少しの移動時間と移動距離でしかない。

他者のぬくもりが欲しければ、飼い猫のぐーたんを触ればいい。ぞうきんのような汚い模様の猫ではあるが、目を閉じて触れば心地はいい。しかも太り過ぎで動きが鈍いから、捕まえるのも容易なのだ。ビバ、ぐーたんと斑目は思う。しごく都合のいい猫であるぐーたんを、斑目は深く愛している。

そして人間関係はといえば、三面の窓辺にずらりと置かれた望遠鏡をのぞき込めば、十二分に満喫出来てしまう。それは、好奇心を満たしてくれるのみで、わずらわしさを一切含まない一方的な人間関係だ。世間的にはのぞき行為と断ずる向きもあるらしいが、世間とほぼ関りのない斑目にとって、世間の評価など地球の裏の惨事に等しい。つまり、知ろうと思えば知ることは出来るが、そうでないなら、はいパチン。スイッチを切って情報を遮断してしまえば、ほぼ気にすることなくやり過ごせてしまう程度の事柄だ。

エコライフだなと、斑目は自分の人生を自画自賛している。エコじゃない暮らしというのはつまり、分不相応な暮らしということだ。つまりは多くを求め過ぎている。俺の人生に必要なのは、そこそこの電力とそこそこの物資、あとはぐーたん的な温もりだ。それ以上を求めるのは、精神的にも肉体的にも金銭的にも不経済なのだ。

チャイムが鳴る。一階の共同玄関チャイムだ。時計を見ると針は二十一時半をさしている。パン屋のデリバリーだなと、斑目は考える。このくらいの時間に、配達されることになっているのだ。先日から、そのように申し込んだ。疲れていたせいも、あると思う。二時間ドラマの脚本直しで、なぜか十五時間にも及ぶ打ち合わせをさせられた斑目は、明け方頃魂を抜かれた状態でそのパン屋の前を通りかかった。

店構えが少し洒落ていたので、しゃらくさいなと鼻白んだが、漂ってくるパンの香りに負け、ついつい店のドアを押してしまった。店にいた店員の男は、自分と同じく眼鏡に無精ひげの男だったが、自分と違って見栄《みば》えがよかった。一瞬ムカついたが、優しく声をかけてくれたので許すことにした。左手の薬指に指輪がないのも評価対象だった。

店員はあれこれ親切に、パンを試食させてくれた。そして、他人に優しくされ慣れていない斑目は、うっかりしっかり週二回の宅配を申し込んでしまったのだった。

パーカーのフードを目深《まぶか》にかぶり、斑目はインターフォンに出る。液晶の小さな画面に、女子高生の姿が映る。

「どうも。ブランジェリークレバヤシです」

ディスプレイの中の女子高生が言う。斑目は、はいと低い声で返し、共同玄関ドアの開錠ボタンを押す。瞬間、画面から女子高生の姿がフレームアウトする。彼女がエレベータに乗り、最上階の斑目の部屋に着くまで、約三分強。玄関で待とうか、部屋の中で待とうか、斑目はいつも逡巡する。玄関で彼女を待ちすぐにドアを開けたら、何このオッサン、私のこと、待ち構えてたわけ？　と引かれる気がする。かといって、部屋の中で待っていたら、私が来るってわかってんだから、玄関で待ってろよ、使えねーオッサンだなと、舌打ちされそうで滅入る。そして二分ほどが経過した段で、どっちもどっちだなと諦め廊下で精神統一をはじめる。気にするな、俺。どうあがいたところで、女子高生にとって俺は、マジでキモーイでしかないのだ。マジデキモーイ。攻撃系の呪文のようだ。斑目は脳内で吐き捨てる。負けんぞ、俺は。そんな呪文で、倒れんぞ、俺は。

またチャイムが鳴る。今度は玄関先のそれだ。斑目はチェーンロックを外しドアを開ける。ドアの向こうに立つ女子高生は、髪の短い痩せた少女だ。白く細い足に紺色のソックスが映えている。少し前の女子高生は、ガンダムのようなルーズソックスを履いていたものだが。時代は猛スピードで過ぎているようだ。

「ご注文のパンをお届けにあがりました」

女子高生はいつの間に、敬語が話せるようになったんだろう。

「それと、来週から新作のパンが発売されることになりまして……」

いつの間に援交ではなく、こんな真っ当な勤労をしてみせるようになったんだろう。

「これがそのリストです。気になるものがあれば、ぜひご注文ください」

愛想《あいそ》を振りまくでもなく女子高生は言う。とりたててかわいい子ではない。ではないのに、話す様を見ているだけで顔がにやけてくるのは、女子高生の底力なるもののせいか。肉付きの薄い頬は、それでもやたらつるんとしている。短い髪の間から伸びた耳も、心なしかみずみずしい。クソ、と斑目は思う。クソ、かわいくないくせに、かわいいじゃねーか。それでうっかり、言ってしまう。

「……じゃあ、この、キャラメルマーブル食パンとキャラメリゼバナナを、追加します」

すると、女子高生の後ろに佇んでいたらしい少年が、ひょっこり現れ口を開く。

「まいどーありがとーございますー」

女子高生の弟かと、斑目は目をむく。最近の子供は、姉弟で連れ立って労働にいそしむのか。そんなにも危機的状態なのか、日本経済。もしや思うように注文が取れなければ、食事を抜かれる等の罰則があるのではないか。そういえば二人とも、ずいぶん痩せているように見受けられる。だから斑目は思わず言ってしまう。

「……それと、この、コルンバイザーってのと、ロデブってのも追加で……」

言いながら斑目は思う。やはり世間は危険だ。関わるとすぐ、分不相応な真似をしてしまう。精神的にも肉体的にも経済的にも、搾取《さくしゅ》されてしまう。気を付けなければ。俺は俺の、絶対安定エコライフを生きなければならぬのだ。

＊　＊　＊

ブランジェリークレバヤシがパンの宅配をはじめたのは、つい二週間ほど前のことだ。もともと販路拡大路線を提唱していた弘基が、客数やネットの口コミを理由に、宅配をはじめようと言い出したのだ。

「クレさんが前より役に立つようになってきたおかげで、一日に作れるパンの個数も種類もグッと増えたし。宅配をはじめるなら、今がちょうどいい時期だと思うんだよな」

しかしその意見に、暮林は賛同しなかった。確かに客数は増えたが、それがイコール宅配希望層になるとは限らないし、宅配件数が少なかった場合、それにかかった経費を含めると採算が合わない。

「少ない量でも、配達にはそれなりに時間がかかるでな。その間、店が留守になること考えると、ちょっとなぁ」

暮林がそう言いよどむと、弘基は不敵な笑みをこぼし答えた。

「店は留守にならねーよ。宅配に行くのは希実だから。いくら俺のパンが絶品でも、ハナから注文殺到ってわけにはいかねーだろうし。最初はチャリで配達出来る圏内にしぼって、希実に運ばせればいい。宅配事業の試金石ってとこかな」

もちろん希実は拒否をした。すでに仰せつかっている店の帳簿つけは、それでも勉強になるかも知れないと自分を誤魔化せるが、宅配となるとさすがに納得のしようがない。そんな暇があったら受験勉強をすると、希実は強く主張した。すると弘基は、受験がなんだよと、一刀両断してみせたのだった。

「受験なんてのは、高三の夏から勉強はじめて、それで受かった大学が、ちょうどいい塩梅《あんばい》の大学だって決まってんだよ」

まったく、ひどい理屈だった。それで希実は、暮林に助け舟を求めた。宅配は無理ですと、目で訴えてみた。しかしそこは暮林。そうかと頷き、笑顔で返したのだった。

「そうか、やってくれるか。希実ちゃん」

そして希実は、ようやく悟った。どうやらこの巣の中では、店の手伝いが必須なのだなと。理解するまでに、少々時間を有してしまったが。

パンの宅配は、二十時半を過ぎた頃から開始するようになった。つまり、立ったままで済ませる夕食が終わった直後、希実はパンケースを抱え店を出ることとなる。

「腹ごなしにはちょうどいいだろ」

弘基は得々とそう言うが、もちろんちっともよくはない。それでも仕方なく、希実は自転車にまたがる。配達のために用意された自転車には、後輪が二つある。見るからに野暮ったいしスピードも出ないが、安定感だけは抜群だ。夜の闇をかがり縫いしていくように、希実は重いペダルを漕いでいく。ナビは携帯だ。携帯の使用契約を改めて結んだのは、こだまが電話をかけてこられるようにというその一点のみの理由だったが、思いもかけずこんなところでも役に立った。

初日の配達件数は、十五件だった。思っていたより余裕だなと高を括《くく》っていたら、翌週は二十八件に増えていた。暮林や弘基が、客に勧めまくっているのか、あるいは口コミの力なのか、どの道この勢いで増えていったら、受験勉強どころか予習復習も出来なくなるなと、希実は深くつく息をつく。

しかも、困った客が多い。配達に現れたのが希実と知るや、あからさまにがっかりしたり、その上で弘基の個人情報を訊いてきたり——年はいくつなのとか、彼女はいるのとか、趣味はなんなのとか、好きなタイプはどんな子なのとか、そんなことだ。しかし驚くべきことに、希実はそのうちのひとつも知らなかった——パンに含まれるアレルゲン物質を全て答えさせたり、デッサンの被写体になってくれと頼み込んできた人もいた。なんというか実に、面倒と謎の多い客層なのだ。

そしてそんな客たちに紛れていたせいか、斑目はかなりまともな部類の客に属していた。なんともいえない黒いオーラをまとってはいるが、さして難しいことを言い出すわけでもなく、淡々と商品を引き取りお金を払う。それどころか、新商品を紹介すれば必ず追加注文してくれる。上客と呼んでも差し支えないほどの存在だった。

しかしそれでも斑目宅をあとにするたび、なぜか希実は得も知れぬ悪寒《おかん》を覚えるのだった。背後によからぬ視線を感じ、それは斑目のマンションを離れてからもずっと続いた。もしかしたらあの人、私をつけて来てるんじゃないか。そう思って幾度となく振り返ったこともある。自転車を立ち漕ぎして、逃げるように次の配達先へ急いだこともあった。上客ではあるがとにかく気味が悪い。それが希実の斑目に対する、率直な評価だった。

だがそんな希実の恐怖心は、男性陣にはまるで届かなかった。

「自意識過剰なんだよ、バーカ。あの人がお前をつけるわけねーだろ」

弘基はそう断じたし、暮林もおおむねそれに同意してみせた。

「斑目さんは、可能な限り外に出たくないっちゅう人やで、そんなふうに女の子を追いかけたりはせんと思うけどなぁ」

おそらく鈍いんだろうと、希実は思った。男の人というのは得てしてそういうものだと、托卵母ですら言っていた。だからあの斑目という男からもれ出ている、むんむんの怪しさがわからないのだ。そんなふうに希実が不満げな表情を浮かべていると、弘基が名案だとばかりに言い出した。

「そんな気持ち悪いなら、こだまでも連れてけばいいじゃん。どうせひとりで暇してんだろーし、手の怪我も治ってんだろ？　だったら、番犬くらいにはなるんじゃねーの？」

そんな単純な意見に、やっぱり弘基はわかってないなと、希実は呆れてしまった。この人は、こだまの何を見てるんだろう。少し観察すれば、わかりそうなことなのに。こだまという少年は、人に従う犬じゃない。どちらかといえば、ところかまわず寝て遊ぶ勝手な猫だ。番犬になり得るはずもない。はずもないが、それでもひとりよりはマシかと、希実はこだまを連れて配達に向かうことにした。何しろやはり、斑目は不気味なのだ。背に腹は替えられないとは、まさにこのこと。

「希実ちゃんの手伝い、俺、するするー！」

こだまも喜び勇んで付いて来るし、まあいいかと希実は考えた。まさかその番猫が、思いもよらぬ災《わざわ》いを、同伴初日であっさり招くとは思ってもみなかった。

「……それと、この、コルンバイザーってのと、ロデブってのも追加で……」

「ありがとうございます。合計で、二千六百七十円です」

斑目から追加の注文も取り、金もきちんと回収した段で、足元のこだまが突然嬉しそうに、見えない尻尾をピンとあげたのだ。

「――ああ！　猫だ！　猫だよ！　希実ちゃん！」

そしてそう叫ぶなり、おもちゃを見つけた猫よろしく、希実と斑目の足元をくぐり抜け、部屋の中へと突進して行ってしまった。

「こ、こだま⁉」

驚き呼び止めようとする希実をよそに、元気よく室内へと侵入して行ったこだまの姿は、すぐに見えなくなってしまった。見えなくなってすぐ、がしゃがしゃっとガラスが割れるような音が響いた。

「あ……」

それを合図に、斑目は部屋の中へと駆け出した。希実も、どうしたものかと一瞬迷ったが、ままよと斑目のあとに続いた。

部屋に入ると、こだまと猫が割れたグラスを囲みじっとしている姿が見えた。

「こだま？」

希実が声をかけると、こだまはしょぼくれた顔を上げ、眉毛を下げて小さく言った。

「……お、落としちゃった。ごめんなさい」

その言葉に、先に反応したのは斑目だった。

「別にいいよ。安物だからね」

そして彼は、希実を振り返り言ったのだった。

「家に入り込んだことについても、不問に付してあげよう。ただし、条件がある」

詰め寄ってくる斑目に、希実は言葉をなくす。条件と言うのは、おおよそ見当がつく。何しろ部屋に入ってすぐ、彼の異常性を見止めてしまっていたのだ。

「あれのことは、他言無用で願いたい」

窓辺をぐるりと見渡し、斑目が言う。希実もそれに倣って、恐る恐る窓のほうを見やる。

窓は三面にあり、どれも大きく広いものだった。窓の先には光の粒がぶちまけられたような夜景が続いていて、それは中々に見ごたえのあるものだった。

そしてその美しい景色が広がる窓辺には、いくつもの望遠鏡が並んでいた。どれも立派な天体望遠鏡である。のぞけば土星の輪っかくらいは、余裕で見られそうな望遠鏡。あるいは、向こうに連なるマンションの室内くらいは、容易《たやす》く見えてしまいそうな望遠鏡。それが実に、三面三方向にずらりと、である。

「……あれを、ですか」

希実が言うと、斑目は頷く。

「そう、あれ」

そして希実は、斑目宅をあとにした時の、視線の理由を察したのだった。きっとこの人、私が帰ったあと、望遠鏡で私の姿を見てるんだ。私だけじゃない。たぶんこの人ずっとここで、のぞいてるんだ。

「……なるほど」

この人、のぞき魔なんだ。

他言はしませんと言い置いて、希実は斑目の部屋を出た。その言葉に、嘘はなかった。

斑目の変態行為については、不問に付すことにしようと考えたのだ。

　別に、こだまがグラスを壊したことと引き換えにと、そう思ったわけではない。もちろん、斑目の行為を認めたり許したりしたわけでもない。ただ、あんな変態に関わるのは真っ平ごめんだと、率直に思っただけだ。何しろのぞき魔だとわかる以前から、不気味な人だとは思ってきたのだ。その相手を、叩いて突付いて警察に突き出して、下手をすれば裁判をやりましょうなんて状況に陥って、被告と証人なんて間柄でもって、のちのち長きに渡るまで関係が続いていくなんて、絶対にごめんだ。

　何より希実には、やることがたくさんある。勉強、パン屋の手伝い。最近では、こだまの母親探しなんてのも増えた。つまり、斑目に構っている暇などないのだ。

　ちなみにこだまの母親は、希実たちがその失踪の事実を知った翌日、タイミングよくブランジェリークレバヤシへと電話をよこしてきた。

「一週間ほどで、帰ろうと思ってたんですけど……」

　電話の向こうのこだまの母は、甘えたような鼻声でそう言い出した。

「希実さんが見ててくれるなら、もうちょっと家を空けてもいいかなーって思って。あの、お金なら、こだまも知ってるはずですが、居間の棚に少し入れてありますので」

　自分が横柄なことを言っているとは、微塵も思ってもいない様子で彼女は続けた。だから希実は、苛ついてきつく返してしまった。

「あのさ。あなた、それでも母親なの？　こだまはこの一週間、ひとりで家にいたんだよ？　どんな気持ちで、あの子がそうしてたと思ってんの？」

するとこだまの母親は、少し黙って考えた後、さあ？　と頼りない答えを口にした。

「あたしは、あの子じゃないので、あの子の気持ちは、よくわからないんですがー」

そういう問題じゃないでしょ。思わず希実はそう言い返しそうになった。しかしこだまの母親は、希実が切り返す前にのんびりと言い放ったのだった。

「でもあたしの気持ちは、少しこだまと離れていたいっていうか、そんな感じで」

その時、受話器の向こうから男の声が聞こえた。どうしたの？　電話？　するとこだまの母は、さらに甘えたような声を出して、なんでもなーいでーすとのたまった。そしてそのまま、一方的に電話を切ってしまったのだ。

希実はツーツーとだけ鳴る受話器を耳に当てたまま、なるほどと思っていた。なるほどあの母親は、男と一緒に姿をくらましたのか。けっきょくうちのカッコウと一緒なんだな。子供の気持ちなんてどうでもよくて、とにかく男にうつつを抜かしていたいってことなんだろう。

そう思うと、猛烈に腹が立った。どうせ相手の男には、適当に遊ばれて捨てられるのが落ちなのに。そうしたら今度は、子供にすがろうと帰ってくるんだ。カッコウの母がそうだった。けっきょく子供は、寄る辺ない人生の補塡なのだ。男が埋めてくれなかった心の隙間を、どうにか埋め合わせてくれる使い勝手のいいピースなのだ。

その電話の一件を思い出すたび、希実は思わずブツブツ言ってしまう。

「ホント、どうしようもないよ。親ってのは……」

しかしそんな希実を、暮林はまあまあと笑顔でいさめる。

「煮ても焼いても親は親やし。とりあえずは探してやらんとな」

希実はそんな暮林の言葉に免じて、こだまの母親を探してやっていると言っていい。何より確かにこだまにとって、煮ても焼いても母は大事な拠りどころなのだ。

「どうだ？　迷い猫は見つかったか？」

ここ数日、店に出勤するなり弘基はそう訊ねてくる。少し前から希実が、猫を探していますというビラを、あちこちに貼って回っているせいだ。

《迷い猫をさがしています。メス、四歳。お母さん猫です。好物はチョコレート。子猫のコダマも、お母さん猫がいないのを寂しがり、毎日毎夜泣いています。ご一報はブランジェリークレバヤシまで》

もちろん、猫というのはカモフラージュで、要はこだまの母へのダイレクトメッセージだ。これを見ればこだまの母も、再び電話をよこすなり家に帰るなりするだろうと、希実なりに考えたのだ。もちろん、相当な楽観的見地に立った場合の話だが。

「……留守電が、一件だけ入ってた。烏山《からすやま》のほうで、出産経験があると思われる三毛猫を保護したって」

希実が答えると、弘基は鼻で笑う。

「世間は、迷い猫でいっぱいだな」

しかしそんな皮肉通り、寄せられるのは本物の猫の知らせばかりだった。こだまの母からの連絡は、最初の一度きりで二度目がない。

「まあ、いいんだよ。こんなの気休めだし。一応、探してる体《てい》でいてあげないと、こだまがにゃーにゃー鳴くし。そんだけのことだもん」

言いながら希実はガラス窓越しに厨房を見やる。そこにはこだまと暮林の姿があった。二人は並んで、タオルをくるくる巻いている。パン生地捏ねの練習だ。

「……大体、母親がいなくても、こだまはあんなに楽しそうなんだしさ」

希実の言葉に、弘基も厨房に目をやりしみじみ言う。

「……なんつーか、ほとんど親子に見えるな、あれ」

厨房では暮林が、顔に小麦粉をつけてしまったこだまの頬を、袖で拭ってやっている。

そんな暮林の鼻先についた小麦粉を、こだまもきゃっきゃと笑いながら手の甲で拭う。その様は、確かに親子のように映らなくもない。

「年の頃も、ちょうどいいもんなぁ。クレさんが二十代後半くらいの時に、出来た子供だとすれば……」

言いながら弘基は、ああと何か思い出したように手を叩く。

「——ああ、そっか」

そして、眩しそうに目を細め、呟く。

「……ちょうど、こだまくらいの年になるんだな」

その発言に、希実は引っかかりを覚えた。だから弘基を振り返った。振り返って、訊こうとした。それ、どういう意味？　なんのこと、言ってるの？

しかし、希実が口を開こうとする前に、店のドアが勢いよく開き、そこから黒いオーラが一気になだれ込んできた。

「ひ……」

思わず希実は、声をあげてしまった。しかしそのオーラの主は、動じることなく言葉を発する。

「――ごめんください」

そこには部屋からほとんど出ないはずの、変態斑目がすまし顔で立っていた。

「あ……」

斑目の姿を見止めたまま、希実が呆然としていると、弘基がひょいと足を踏み出し、希実の前に立つようにして言ってみせた。

「いらっしゃいませ。申し訳ありませんが、まだ営業ははじまっておりません。お買い物でしたら、時間を改めてください」

そんな弘基の対応に、斑目は一瞬眼光を鋭くする。しかしすぐにツンとした表情に戻り、手にしていた茶封筒を差し出した。

「買い物ではなく、迷い猫の件でお伺いしました」

そしてその茶封筒の中から、分厚い書類を抜き出し弘基へ渡そうとした。

「こちらの店で、母猫を探しているというビラを見かけまして。区内と近隣区で捕獲されているメス猫を、書面でまとめてみました。猫ちゃん探しの、参考になさって下さい」

すると弘基は、はあと少し怪訝《けげん》そうな表情を浮かべつつ、書類を受け取る。そこに印刷されていたのは確かに、さまざまな猫の写真と保護地域ならびに保護状況だった。そのことを確認した弘基は、パッと笑顔になって斑目に頭を下げる。

「ありがとうございます。これ、集めるの大変だったでしょう？」

「……いいえ。ネットで調べれば容易いことです」

「いやいや、大したもんですよ。これだけの情報量は……」

そんな弘基と斑目のやり取りを、希実は薄目を開けた状態で押し黙って聞いていた。突如現れた変態に、関わらぬよう刺激を与えぬよう、気配を消して臨んだのだ。

しかし厨房のこだまが、

「あ、望遠鏡のおじちゃーん！」

などと気さくに声をかけ、希実の腐心はもろくも崩れ去った。

こだまの発言を受けて、弘基は首を傾げる。望遠鏡って？　その呟きに、希実はシラを切り通そうとそっぽを向く。さ、さあ？　何がなんだか。私にはさっぱり。

けれどそんな希実の行為を嘲笑うかのように、斑目がこだまに手を振り言い出した。

「やあ、こんにちは。望遠鏡のおじちゃんだよ」

そして、希実に向き直し、にたりと笑った。

「――あるいは、のぞき魔の斑目ですと、言うべきかな」

希実とこだまに部屋を目撃されて以降、斑目は散々悩みのた打ち回り、眠れぬ夜を過ごしたらしい。俺の変態行為は、果たして隠し通せるだろうか。あのパン屋の女子高生は、本当に黙っていてくれるだろうか。あの少年も、どこかで喋ったりはしないだろうか。

「それで気付いたんです。この悩みから解放されるには、事実をオープンにしてしまえばいいのだと」

さも名案を語るような調子で、斑目は言った。

「俺はのぞき魔です。変態です。その事実に、なんら恥じる点はありません」

そんな斑目を前に、もちろん希実は思った。いやいや、あるでしょ。むしろ、恥じる点のみでしょ。しかし斑目は、そんな希実の感想など、ひらりと軽く越えていく。

「俺がのぞいているのは、基本的にひとりの女性です。彼女のマンションは、七百メートル先の大通り沿いにあります。ただ部屋のカーテンはずっと引かれたままになっているので、見えるのは彼女の影だけです。だから俺は、彼女がマンションから出る姿も、日がな一日張っています。影だけ見ているのは、心もとないですからね。外を歩く彼女の姿も、ちゃんと確認したいんです。おかげで俺は、彼女が毎日向かうスーパーや、コンビニも知ってます。彼女が好んで入るカフェも把握出来ています」

この人、どこまでも自分をオープンにしてしまう構えだな。そう思った希実は、つい根本的な疑問を口にしてしまう。

「けど、ひとりを観察してるわりには、望遠鏡があちこちに向いてた気が……」

するとと斑目は、いい質問だねと希実を指差し、にたりと笑った。

「心の底から見ていたいのは彼女だけだけど、脚本家という職業柄、人間観察をするのも俺の仕事で。ドラマというのは基本的に、人間関係の中にあるものだから。だけど俺は外に出たくない。出たくないけど観察はしなくちゃならない。あなたたちも、想像してみて欲しい。その状況で部屋に望遠鏡があったらどうします？　もちろん葛藤《かっとう》はあるでしょう。あるでしょうが、結果のぞきますよね？　のぞきますよ、人間だもの」

どんな理屈だよと思いつつ、希実は暮林と弘基を見やる。二人は、特に表情を変えるでなく、斑目の話を聞いている。変態は、刺激するべからずという戦法なのか。

「だからもちろん、不純な思いで望遠鏡をのぞいているわけじゃないんです。女性の着替えは見ないよう努めているし、男女のいやらしいことがはじまればすぐにのぞくのをやめます。確かに俺は変態ですけど、外道《げどう》ではありませんからね。ただただ、人の生活というものを、見ているだけの話なんです。赤の他人のブログを、こっそり読むようなものだと、思っていただければわかりやすいんじゃないかな。うん、だから、恥じるべきことは何もない」

言い切る斑目を前に、弘基が口を挟む。

「それはまあ、わかったけど」

その発言に、希実は思わず弘基を見やる。わかったの？　弘基。何が？　しかし弘基は、声にならない希実の訴えに気付くことなく、斑目に問いかけた。

「なんでひとりの女を、ひたすらのぞいてんの？　もしかして惚れてんの？」

端的な質問に、斑目はややトーンダウンして答える。

「……ああ、うん、えーっと、まあ、そういうことです」

「だったら、なんでのぞくだけで満足してんの？　見てるだけでいいわけ？」

「そりゃあ、よくはないですけど。仕方ないんです。接近禁止令が出ていますから」

「せ、せっき？　なんだよ、それ？」

「俺は一度、彼女のストーカーとして捕まったことがあるんです。起訴はされませんでしたが、半径二百メートル以内に接近しないよう、バシッと念書を書かされました。つまり次に捕まれば、起訴は確実というわけです。そうなったら、彼女の姿を見ることすら叶わなくなります。それは、なんとしても避けたいところで……」

そして斑目は、そのストーカー行為の内容についても、さらっと説明した。十年前、駆け出しの脚本家だった斑目は、彼の脚本のファンだという女性と知り合った。女子大生でありながらタレントの卵もしていたというその彼女に、斑目はもれなく一目惚れをした。自分のファンだという彼女と、お近づきになるのは容易かったそうだ。すぐにメールアドレスを交換し、二人で食事に出かけるようにもなった。そして斑目はその合間を縫って、ところ構わず彼女を尾行した。家や学校の場所も把握し、授業の時間割や友達の面々も網羅した。もちろん全ては、愛するがゆえだった。

彼女が語学留学と称し、一ヵ月ほどサンフランシスコに渡った際は、何食わぬ顔で斑目も渡米した。そして、青空が広がる海岸沿いで、偶然を装い声をかけた。

「やあ、こんなところで会うなんて、奇遇だね」

その時、彼女は小さく悲鳴をあげたそうだ。どうやら彼女もその頃には、斑目のストーカー行為に気付いていたらしい。そしてそれからしばらくして、念書に拇印を押す日がやってきたというわけだ。

ひどい話だと、希実は思った。それで思わず、腹立ち紛れに言ってしまった。

「そんなことまであったのに、なんでまたのぞきなんてしてるんですか？　それって十分、外道な真似だと思うけど？」

すると斑目は再び、いい質問だねと、希実を指差しにたりと笑った。そうだろうと予想はしていたが、やはり空気は読まないタイプであるらしい。

「俺は、彼女の幸せを見届けたいんだ」

その言葉に、もちろん希実は首をひねる。

「は？　何？　それ」

「彼女は……。彼女自身は素晴らしい人なのに、男の趣味だけがどうも難ありでね。いつも程度の低い、浮ついた男ばかりを選んでしまう。だから監視の意味も込めて、のぞいてるんだよ。悪い虫がついたら、全力で駆除しなくちゃならないからね」

斑目は、もっともらしくそう語った。そしてその内容に、当然ながら希実は呆れ果てた。悪い虫って、あんたが一番、悪い虫じゃん。勢いそう口に出そうとした。

しかしそれより前に、弘基が斑目の前に足を踏み出した。踏み出して、斑目の手を摑んだ。身勝手な言い分を並べ連ねる斑目に、怒りを覚えたのだろうと希実は思った。もしかしたら、パンチの一発くらいは繰り出されるかも知れない。

「――斑目さん」

低い声で、弘基は言った。

「……気持ち、わかります」

そして摑んだ手を、ぎゅっと握り締めた。

「好きになったら、そりゃ追いかけ回しますよね。相手のこと知りたいし。ひとりにしとくの心配だし。外国なんかに行かれた日にゃあ、こっちも国境越えるしかないですよ。それで近づけなくなったんなら、遠くから見守るため望遠鏡の一つや二つ、のぞかざるを得ないっつーか。なんかすげー、気持ちわかります」

思いがけない展開に、希実がポカンとしていると、暮林がぽんと手を打った。

「ああ、そっか。弘基も人妻追いかけて、海外飛んだクチやったもんな」

その言葉に、希実は、へっ？　と声をあげてしまう。すると弘基が、聞こえているぞと言わんばかりに、声を大にし言い放つ。

「ああ。フランス、イタリア、ドイツ、全部ついて行ってやった。おかげで、いいだけパン修行が出来た。今の俺があるのは、彼女のおかげっつーことだ」

かくして、思わぬ弘基のストーカー体質が明らかになったところで、斑目の外道談義は幕を閉じた。つまり、誰にも迷惑をかけているでなし、のぞきたいならのぞいていればいいではないかという、正しさとは少々距離のある結論に達してしまったのだ。

「あんな男をかばうなんて、弘基、どうかしてるんじゃない？」

斑目を店から見送ったのち、希実は強くそう断じた。しかし弘基は、希実の非難などどこ吹く風といった様子で、ハンと笑って返したのだった。

「あんな男のあんな真似が、要は恋ってもんなんだよ。どうかしてるなんて当たり前だろ？」

　開き直りかと呆れたが、弘基はさらに強く言い切った。

「考えてもみろ。惚れた相手の赤の他人が、自分より大切な存在になるんだぜ？　多少のバカにでもならない限り、そんな気持ちにはなれねーよ」

　すると暮林も、そうやなぁと頷いた。

「まあ、そういうもんなのかも、知れんなぁ」

　同意しながらも、どこか他人事のような調子だった。さすがに弘基ほどには、斑目に共感していないようだ。

「とにかくあの人は、自分で言ってる通り、変態かもしれねーけど外道ではないよ。猫のリストだって届けてくれたんだし。あんまり悪いように見るなよ」

　強くそう断言する弘基に、しかし希実は納得していなかった。弘基はあのずらりと並んだ望遠鏡を見ていないから、そんなことが言えるのだ。物がそれほどない整然とした部屋の中、望遠鏡ばかりが圧倒的な存在感を放っていた。そこで斑目はにたにたと、ひとり望遠鏡をのぞいているのだ。控えめに言っても、気持ちが悪い。猫のリストを持ってきてくれたのだって、恩を売ろうという魂胆が見え隠れしてならない。恥じることはないと宣言したところで、やはり警察に通報されたくはないはずだ。あの人の親切なんて、どう考えたってうさんくさい。

そしてそんな希実の疑念は、ある程度的を射ていた。次にパンの宅配に向かった際、斑目に忠告されたのだ。

「ちょっといいこと、教えてあげよう」

希実が差し出したパンを、にたにた笑い受け取りながら斑目は言った。

「君、尾行されてるよ。うちのマンションの、二階に住んでるサラリーマン。君がうちの宅配に来るたび、部屋を飛び出して行って、しばらく君を追いかけてるんだ。けっきょく、君の自転車のスピードに追いつけなくて、何も出来ないで帰って来てるみたいだけど……。スタンガンを持ってたから、注意したほうがいいと思うよ。あれは外道だ」

その言葉に希実は、斑目のマンションから出てすぐの、誰かにつけられているような感覚は、思い違いではなかったのだなと確信する。そしてそのついでに、斑目が自分を望遠鏡でのぞいているのだろうという予想も、おおむね正しかったのだなと思い至る。

忠告はありがたいが、やっぱりこの人変態なんだな。

「夜に、制服でうろついてる君に、刺激されたんだろう。もちろん、女性の装いがどうあろうと、襲っていい理由にはならないけどね」

変態のくせに、意外とまともなことを言う。

「とりあえず弘基くんに電話して、君を助けに来るように言っておいたから。外道は彼に捕まえてもらえばいい。そうすれば、安心して宅配出来るでしょ」

斑目の言葉通り、希実をつけ回していたサラリーマンは、弘基の手によって御用となった。それでも、にたにたと笑う斑目を思い出すにつけ、希実はげんなりしてしまった。何しろ捕り物劇のあとで、斑目は言ったのだ。

「……これで希実ちゃんに、貸しイチだね」

変態に受けた恩ほど、処遇に困るものはない。

弘基とすっかり意気投合した斑目は、しばしばブランジェリークレバヤシに足を運ぶようになった。来店の理由はシンプルで、

「週二回じゃ、口寂しくなってきたんだ」

パン棚を物色しつつ、斑目はそんなふうに説明をした。

「色んな店のお取り寄せパンを食べたことがあるけど、ここのパンは格別だよ。地域限定の宅配パンより、ネット通販をはじめるのもアリなんじゃないかな。こんなにおいしいパンを、狭い地域に閉じ込めておくのはかわいそうだ」

すると弘基は、やっぱ斑目は、違いがわかる男だなーと感心してみせた。いつもはた

いてい厨房でパンを作り続けている弘基だが、斑目がやってくるとその手を止め、嬉々と彼の接客をはじめる。

「パンていうのは、シンプルながら奥行きのある食いもんなんだぜ。まず小麦に、塩と水と生イーストを混ぜるだろ？　それで捏ねて休ませると、発酵をはじめるんだけどさ」

どうやら斑目に、うんちくを話してみせるのが楽しくて仕方ないらしい。しかも斑目も斑目で、思いのほか興味深そうに弘基の話を聞いている。

「……発酵？　ワインやチーズみたいなことかい？」

「そうそう！　さすが斑目、察しがいい！　この発酵が、すげー大事なんだ。何しろ発酵の過程の中で、香りが出て甘みが出て風味が豊かになっていくからさ。そこらへんは、ワインやチーズと似たようなもんだよ。発酵することによって、パンも無限の味になっていくからな。しかも生地自体、ボリュームが出て軽やかにもなる。生地ってやつは、ぬくぬく休んでいるようで、どんどん変化していくんだ」

「……それはなんていうか、興味深い話だな」

「だろう？　しかも発酵時間や温度によって、味も違ってくるし。かといって、発酵時間が長きゃいいってもんでもないし。見極めも重要でさ。ホント作ってておもしれーんだよ。面倒くせーなって時もあるけど、基本的に楽しいほうが多いんだよな」

「……わかる、その感じ。俺も、脚本を書く時、そんなだよ」

どうやら色んな側面で、共感し合えているようだ。

それでも斑目は、イートイン席に座ることを頑なに辞した。

「大体夜中の二時頃に、彼女の部屋の窓の明かりが消えるんだ。それを見届けないと、俺の一日も終わった気がしないから……」

つまりその頃には、家に帰って望遠鏡をのぞいていたいということだ。

「純情だなぁ、斑目は」

パンの包みを抱えいそいそ帰る斑目を見送りながら、弘基はそんな感想をもらす。

「よっぽど、好きなんやなぁ」

暮林も、すでに感心しはじめている模様。しかし希実は、しらじらと言い捨てる。

「バカみたい。何をどう言おうと、あの人のやってることはただの変態行為じゃん」

その言葉に弘基は、恋愛経験のない女子高生はすっこんでろと息巻く。受けて希実も、さすがストーカー同士、気が合うんだね、キモーイなどと言い返す。そうなれば弘基も、引きはしない。うるせーよ、ストーカーの何が悪い？　開き直るあたりが、もうサイテー。お前に言われても、痛くも痒《かゆ》くもねーよ、バーカ。私だって同じだよ、バーカバーカ。にわかに小学生レベルの言い合いが繰り広げられる。

しかし弘基と言い合いながらも、希実は内心思っていた。たぶん私は斑目を、理解したくないのだろう。もちろん彼が変態だからというのもあるが、それ以上に、彼の心を知りたくない、わかりたくない。好きという感情で走る彼が、腹立たしいのだ。

それがなぜかも、大体のところわかっていた。おそらく恋というものを、弘基は自分のものとして捉えている。たぶん暮林もそうだろう。でも私は違う。男に恋して、自分を托卵してしまう母。私の基準はいつだって、その母の恋なのだ。私を見捨てる、恋という熱情なのだ。

恋などしたくないと、希実はずっと思ってきた。母が狂ってやまない恋など、誰が好んでしてやるものか。だから、斑目に苛ついた。恋する自分を誇っているような、彼の言い分が疎《うと》ましかった。

しかし希実は、斑目のそんな恋に、そうと望まないままさらに深く関わることになってしまった。

暮林と弘基が仕事を終えて家に帰ってしまった明け方、ブランジェリークレバヤシに斑目がSOSの電話をよこしてきたのだ。

「――弘基くんはいないか!? オーナーでもいい! いないなら、希実ちゃんでもいい！　頼む！　助けてくれ！　彼女が、彼女が危ないんだ！」

電話で言われた通りのマンションまで、希実は宅配用自転車で向かった。

斑目は、そのマンションの前でうろうろと歩き回っていた。明るい日差しの下で斑目を見るのは初めてだったが、朝日を浴びてもなお、彼は暗いオーラを背負っていた。その姿は、どこからどう見ても不審者だった。闇の中では気付かなかったが、あれは相当に深く重い黒のオーラであったらしい。

そんな斑目は、自転車でマンション前に乗り付けた希実を見るなり、泣き出しそうな顔で駆け寄ってきた。

「彼女の部屋、このマンションの七階なんだ！　頼むよ、希実ちゃん！」

斑目によれば、彼女はここ一週間ほど外出していないらしい。部屋にこもるのは苦手なはずなのに、病気でもしたのかなと斑目は心配していたそうだ。それでも、毎日同じような時間に、部屋の明かりはきちんと消えていたので、無事は確認出来ていた。しかし今日未明、いつもなら消えるはずの明かりが、いつまでたっても消えなかった。そして今現在も、外が明るくなっているのでよくわからないが、とにかく部屋の明かりがついたままなのだという。

「高性能望遠鏡で確認したんだ！　明るくなったのに、まだ電気は消えてない！」

声をあげて言う斑目に、希実はどうどうと声をかけいさめる。道にはすでにちらほらと、出勤中と思しき人々の姿が見える。高性能望遠鏡などという、変態じみたキーワードはなにとぞ差し控えて欲しい。

「それはわかったから……。それで、私にどうしろっていうの？」

すると斑目は、部屋を確認してきて欲しいと言い出した。

「もしかしたら彼女、またオーバードーズしてるのかも知れないんだ。だから……」

「……オ、オーバードド？」

「薬の過剰摂取だよ。前にもそういうことがあったから……」

それはちょっとマズイのではないかと、さすがに希実も焦り出す。

「……それで、私、どうやって部屋に行けばいいの？」

「管理人に、嘘をつけばいいじゃないか。妹だとか、適当に言って……」

「ムリだよ！　バレるって！　私、その人のことなんにも知らないんだし！」

希実がそう首を振ると、斑目はしばし何か考えた、そうだと手を叩き言い出した。

「だったら俺たち二人で、兄妹ということにしよう。それで管理人を説得するんだ」

「え？　で、でも……」

「大丈夫！　彼女のことなら、彼女の親よりよく知ってる俺だ。ビジュアル的には厳しいだろうが、知識的には容易く家族のふりが出来るはず」

そして一息間を置いて、斑目はにたりと微笑んだ。

「何せ変態だからね。彼女の全てを、知ってるんだ」

「……はあ」

頼もしいと言うべきなのか、あるいは率直に呆れるべきなのか判然としないまま、それでも希実は斑目の指示に従い、マンションの管理室へと向かった。管理人は人のよさそうなおじさんで、希実の演技にほだされたのか、斑目の迫力に気おされたのか、わりあいあっさりと彼女の部屋へと案内してくれた。

ドアの前に立ちチャイムを押す管理人の背中を、希実は斑目と並び見詰めていた。

「……あれぇ？　本当だ。返事がありませんねぇ」

首を傾げた管理人が、では、開錠しましょうかとマスターキーを取り出す。希実はとっさに、傍らの斑目を見やる。

「……」

もし彼女が何事もなく部屋にいたら、斑目は彼女に見つかってしまう。そしてそうなったら、彼はちょっと困ったことになる。本人も言っていた。次に捕まったら起訴だからね。

「……あの、斑目さん」

果たしてそれでいいのだろうかと、希実は一瞬迷う。

「斑目さんは……」

すると瞬間、斑目が口を開き言い切った。

「――いいんだ」

驚くべきことに、希実の空気を読んだらしい。

「彼女が無事なら、それでいい」

管理人は、鍵を開けますよとドアの向こうに何度か声をかけたのち、ようやく鍵を開けてくれた。

「さあ、行こう」

開かれたドアの前で、斑目は微笑みそう言った。

斑目が心配していた通り、彼女は部屋で大量の薬を飲み倒れていた。搬送先の病院で、すぐに胃洗浄が行われ事なきを得たが、あと少し遅れていたら危ないところだったと医師に告げられた。その言葉に、斑目はホッと安堵の息をもらした。そしてそのまま、希実の手を取り病院から逃げ出したのだった。

「素性がばれたら、ヤバイからね」

走ったのが久しぶりだったのか、辿り着いた公園で、斑目は息を切らしつつ言った。

「変態は、去るのみだ」

それでいいのと希実が訊くと、斑目は笑っていいんだよと答えた。額には脂汗がひどく浮き出ていた。着ていたポロシャツも、脇と背中の大部分が汗で変色してしまっていた。そんな斑目に、希実はハンカチを渡してやった。

「……汗、拭きなよ。返さなくていいから」

その言葉に、斑目はフンと鼻を鳴らす。

「俺の汗で一度汚れたハンカチは、返却不要ってことか」

そう言いながら、希実の手からハンカチをぶいと引ったくり、がしがしと顔の汗を拭きはじめる。そしてその勢いでもって、脇の汗にも着手しようとポロシャツの襟ぐりをぐいと引っ張る。

そんな斑目に、希実は言った。

「……違うよ」

言いたくなかったが、言ってしまった。

「今日は、ちょっとかっこよかったから。ハンカチは、その記念。それがあれば、見る

「かっこいいんだって」

自分もたまには、かっこいいんだって」

希実が言い切ると、斑目は、マジで？　と小さく呟いた。呟いて、脇汗を拭こうとしていた手を引っ込めた。引っ込めた上で、もしかして恋のはじまり？　などと口走ったので、それはないよと、希実も言下に言い捨てた。

すると斑目は、だよなぁと大きな声で笑った。その笑い声につられて、希実もうっかり笑ってしまった。

笑いながら、はたと気付いた。そういえば学校。もうとっくに、授業がはじまってる時間なんじゃなかろうか。うん、たぶん絶対、もう遅刻だ。ああ、なんてことだろう。せっかく高校でも、無遅刻無欠席を保ってきたのに。こんな変態のために、その記録をふいにしてしまうなんて――。

向こうでは小さな子供たちが、母親らに見守られ遊んでいた。こんなところでこんな時間に、こんな男と一緒になって大声で笑っているなんて、私も変態だと思われちゃうな。そんな危機感を抱きながらも、希実はいつまでも笑ってしまった。

まあ、いっか。変態のかっこいいとこなんて、滅多に見られるもんじゃないし。それなりの価値は、たぶんあるってもんだろう。

＊＊＊

世界は、四十二㎡で事足りる。斑目は今でも、そう信じている。人は無用に、世界を広げようとし過ぎるのだ。他人にも自分にも多くを求め、希望に胸を膨らませ、前へ前へと進んでいく。そして、茫洋と広がってしまった世界の中で、自分の場所を見失い立ち尽くすのだ。

弘基だって言っていた。パンには発酵が必要だが、時間をかければいいというものではない。見極めが重要なのだ。果たして自分には、何平米が要りようなのか。

そうわかっていながらも、斑目はブランジェリークレバヤシの宅配サービスを停止してしまった。希実に運んでもらうのも悪くはないが、直接店に赴いて、あれこれみんなと話しながら、パンを選びたいような気持ちになってしまったのだ。

「宅配の件数が減るの、私は大歓迎」

希実もそう言っている。ハンカチの君に喜ばれるのは、やぶさかではない。いい決断をしたと、斑目は内心ほくそえんでいる。

イートイン席で、コーヒーを飲みつつパンをかじるのも最高だ。しかも目の前のガラス窓越しに、弘基のパン作りの様子が見える。あの動きは芸術だなと、斑目は思う。行為の全ては芸術に通じているが、弘基のパン作りはまさにそれだ。過不足のない祈りのようでもある。

「人間が出来上がっていく過程は、パンが作られる工程に似ているね」

一度弘基に、そう言ってみたことがある。すると弘基は、確かにと笑って付け足した。

「似てはいるけど、パンのほうがずっと上等だよ。なんせ完璧に仕上がってくれるからな。たぶん出来上がっていく工程の中に、完璧な安定があるんだろうな。その点、人はバカだよ。パンよりずっと、人は愚かだ」

そうだろうなと、斑目も思った。だから無用に、世界を広げようとするのだ。分不相応なほどに、よりよい暮らしを自分を他人を求めるのだ。そんな愚かなことはないのに、叶わぬことを、叶うようにと願うのだ。

「でもまあ、だから面白いんだろーけど」

そう言って弘基は、暮林に同意を求めた。そうだよな？　クレさん。すると暮林は、そうやなと笑って返していた。

そんな二人のやりとりを前に、なるほどそういうことかと、斑目は納得した。自分たちの愚かさは、ある程度折り込みずみというわけか。その上でこの二人は一緒になって、パン屋なんかをやっているのか。かつては、恋敵だったはずなのに。

望遠鏡を長らくのぞいてきた斑目は、知っている。このパン屋が、まだただの住宅だった頃のことを。その家には、女がひとりで住んでいた。美しい人だったので、よく覚えている。そしてその家に、よく通っていたのが弘基だった。こちらもかなりの美形だったので、いやでも目につき覚えてしまった。二人は時おり連れ立って、街中を堂々と歩いたりもしていた。恋人なんだろうと、斑目は安直に思っていた。そのくらい、二人の間に漂う気配には、親密なものがあったのだ。

しかし今は、そう思っていない。何しろあの女は、どうやら暮林の妻だったのだ。そして弘基は、その美しき人妻に横恋慕を続ける間男だった。かつて弘基が追い続けていた人妻というのは、つまりは暮林の妻なのだろう。

ブランジェリークレバヤシの時間は、いつも穏やかに流れている。ただしその中には、それ相応の緊張があるのかも知れない。斑目はコーヒーをすすりつつそう考える。

――やはり、人というのは面白い。不可解に繋がり、思いもしない反応を起こし、笑ったり泣いたり、愛し合ったり殺し合ったりしてみせるのだ。まったくもって興味深い。いくら見ていても、飽きるということがない。

しかし一方で、ブランジェリークレバヤシに住み着いているはずの希実は、二人の男のそんなただならぬ関係に、どうやらいまだ気付いていないようだ。それよりも、迷い猫探しに夢中な様子。聞けば探している猫は、こだまという少年の母親であって猫ではないということらしい。まったく、ややこしいことをしているものだ。だが少年の母の写真を見せられ、ああとすぐに気が付いた。

「この人、知ってる。駅前の小さなクリニックで、看護師をやってた人だ」

すると希実は、一も二もなく食いついてきた。

「――その人、今どこにいるかわかんない？　たぶん、男と一緒に逃げてるんだと思うんだけど……」

その言葉に、斑目は首を傾げる。

「……それは、ヘンだな」

何しろ少年の母親には、男っ気など皆無だった。それでそのことを、伝えてみた。

「彼女に男はいなかったはずだよ。出て行ったんだとしたら、ひとりでじゃないかな？」

斑目のそんな言葉に、希実は怪訝そうに眉根を寄せた。

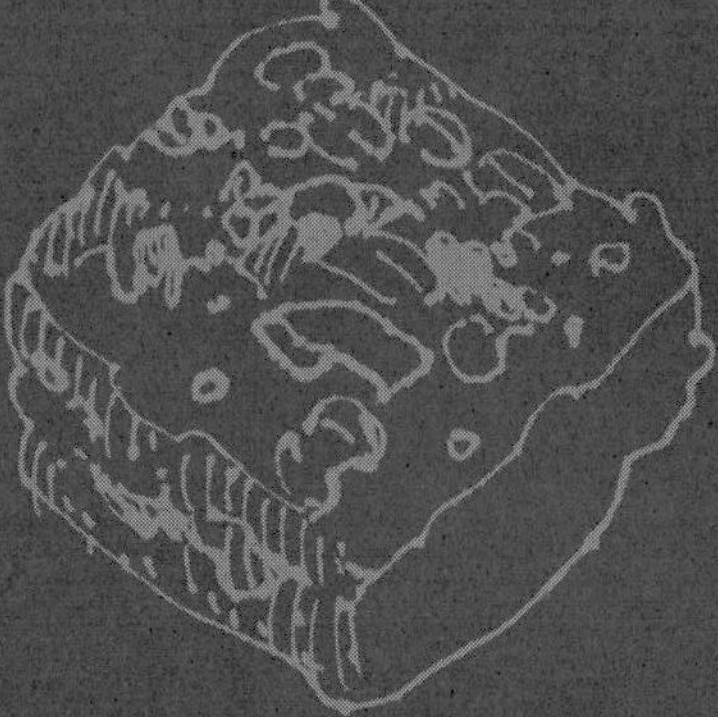

Façonnage & Apprêt

——成形 & 第二次発酵——

口紅、スカート、シャネルの香水。それはソフィアの三種の神器だ。それを使ってソフィアは毎日、自分で自分に魔法をかける。ちちんぷいぷい、アタシよアタシ、綺麗な女になーあれ。ん？　やだ、ちちんぷいぷいって、ちょっとババァくさいかしら。最近そう思うようにもなったが、しかし他の呪文がどうも思いつかず、まあ仕方がないわねと自らの加齢に白旗をあげ、ソフィアは鏡に向かい言う。ちちんぷいぷい、アタシよアタシ。綺麗で強くて優しくて、かわいいアタシになーあれ。

ソフィアなる彼女の名前は、もちろん戸籍上のそれではない。ソフィアの両親は北海道で農家をやっている。実直に大地と向き合い暮らしを営んでいる彼らが、ようやく授かった跡取り息子に、ソフィアなどという名前をつけるはずがない。つまりその名は、ソフィアが自ら選んでつけた。

イタリア女優のソフィア・ローレン。どこか影がありながら、それでも鮮烈に輝いて見える彼女にあやかりたくて、ソフィアは自らをソフィアとしたのだ。どの道薄暗いのであろう自分の人生に、いくばくかの光がさすようにと、切に願ってそうしてみた。

そのかいあってかソフィアの人生は、想像していたよりずっとよかった。初めて入店したニューハーフバーのママは、ずいぶんとソフィアをかわいがってくれたし、お客さんにも恵まれた。三十路《みそじ》になってすぐ自分の店を持つことだって出来た。綺麗だと、誉めそやしてくれる男も多かった。ママをつとめるお店の経営も順調だった。

とはいえもちろん、全てがよかったというわけではない。侮蔑じみた言葉を受けることはしょっちゅうだし、屈託のない善良な差別に、思いがけず触れてしまうこともままある。お店の女の子――つまりはニューハーフだが――に、男をとられたこともある。この人と出会うために、自分は生まれてきたのではないかと思えたほどの恋だって、無数に降りかかる常識やしがらみの矢を前に、けっきょく跡形もなく壊されてしまった。

それに何より、親を泣かせている。なのに自分の人生をよしとするのは、違うとソフィアは思っている。少なくとも、アタシは、そう。そう。もうずっと、後ろめたい。

だけどそこは、ちちんぷいぷい。魔法をかけて乗り切った。せめて自分は自分のことを、許して愛してあげなくちゃ。そう、せめて魔法がかかっている間だけでも。

「……ふう」

公園の水飲み場で、顔を洗い髪を整え自前の手鏡をのぞき込む。唇にパールローズの口紅をしゃんと引き、シャネルの№5を振りかける。そこでひとつ笑顔を作り、ちちんぷいぷい。立ち上がったスカートのしわを、さっと手早くひと払いしたら、無敵なソフィアの出来上がり。よかった、今日も魔法がかかった。しゃなりしゃなり、彼女は優雅に歩き出す。大丈夫、魔法は効いてる。たぶん効いてくれてるはず。

オフィス街のその通りには、出勤中と思しきサラリーマンやＯＬが多く見られる。そんな人々の中を、ソフィアは毅然と歩いてみせる。もちろんすれ違う人の多くが好奇の眼差しを投げかけてくるが、ソフィアはそれらの視線を余裕の笑顔ではね返す。

「うわ！　でっけぇ女」

「バカ、違うよ。あれはオカ……」

信号待ちをしているサラリーマンに、そんな言葉をぶつけられたって全然平気。

「あーら、かわいい坊やたちだこと」

都内ミッション系の私立大学を卒業後、ソフィアは丸の内では数少ない、ニューハーフクラブを転々としてきた。つまりソフィアは、丸の内ＯＬならぬ丸の内ニューハーフなのだ。そしてそんな生活をはじめて、かれこれもう十五年。ＯＬだったら十中八九、お局様《つぼねさま》の域だろう。十五年は長い。生まれた子供が、義務教育を終えるほどの時間の長さなのだ。その中で、自分の能力の限界も知った。ついでに言えば、女の限界も思い知った。将来の諦めもあらかたついた。そして、あちこちで囁かれる嫌味にも雑言にも理不尽にも慣れてしまった。だから心ない言葉にも、たいてい笑って返せてしまう。

「よかったら、今度うちのお店にいらっしゃいよ。うんとサービスしてあげるから……」

しかしそう言ってみせたソフィアは、はたと我に返る。返って、やにわに口ごもる。

「……から。……。……」

そんなソフィアを前に、サラリーマンたちは逃げ出すようにして歩き出す。どうやら信号が青に変わったらしい。小さくなっていくサラリーマンたちの背中を見詰めながら、ソフィアは大きくため息をつく。何を言ってるんだろアタシ。もうお店はないのにさ。

ほんの二ヵ月ほど前のことだ。その頃のお店の経営状態は、開店以来の危機的状況にあった。それは何もソフィアの店に限ったことではない。不況のあおりを受け、周りにあった飲食店やキャバクラも、ひとつまたひとつと消えていっていた。それでもアタシたちは、一致団結して何とか乗り切りましょうねと、お店の女の子たち――くどいようだがニューハーフだ――と誓い合っていたつもりだったのだが、そのうちのひとりに店の金を持ち逃げされた。そして店は閉店を余儀なくされてしまったのだ。

わずかにあった蓄えは、お店の子たちの給与と退職金で全て消えてしまった。なんで退職金なんか払ったのよと、昔の仲間には怒られた。アンタってばいつもそう！　みんなにいい顔したがるんだから！　確かにと、ソフィアは思う。アタシってば、そういうとこ、あるのよね。何しろ足が出た分の退職金は、自らの私財を投げ打ち調達してしまったのだ。おかげで今じゃ、丸の内ＯＬならぬ、丸の内ホームレスなんだもんねぇ。我ながら、何やってんだかって感じだわよ。

「……でも、ま、いっか」

ひとりごちて再び歩き出す。実のところ今の暮らしも、ソフィアはそれほど嫌いじゃない。新しい家は、テナントが入っていないオフィスビルの軒先にある、コンパクトでキュートなダンボールハウスだ。しかし中に入ってみると意外や広い。大の字になって寝られるのはもちろん、猫の一匹くらいなら飼えてしまう。

「ふあぁ、そふぃあさーん」

ふたのようなドアを開けると、猫のミケがのんきな声で出迎えてくれる。

「おはよーございまーす」

「はいはい、おはよう。ミケ、アンタ今起きたの？」

「はいー。また寝坊しちゃいましたー」

ミケは喋れる猫だ。世間ではこれを成人女性と呼ぶらしいが、ミケ自身が、あたしのことは猫だと思って、どうかここに置いてください。などと言っているので、猫だということにして飼っている。ホームレス生活では、こんなふうに素性を明かさぬまま好き放題、気ままに暮らしていられるのも心地がいい。ソフィアの本名が嶽山大地《たけやまだいち》と、いくぶん雄々しい名であることも、ここでは意味をなさない事柄だ。

「今日は炊き出しがある日ですねー。ソフィアさんー」

猫のように伸びをしながら、ミケがのどかに鳴く。その様子に、ソフィアは思わず笑ってしまう。やっぱり嫌いじゃないわ、こういうの。

「そうね。じゃあ、ぼちぼち出かけましょうか」

猫を飼うのだって、長年の夢だったわけだし。あんがいこの暮らしも、悪かないわ。

＊　＊　＊

「ブランジェリークレバヤシでーす。チラシをお持ちいただいたお客様には、全品十パーセントオフで、パンをご提供させていただきまーす」

夜も更けた駅前で、希実はチラシを配っていた。もちろん、希実本人にとっては不本意な労働だ。しかし弘基に言いつけられて、不承不承そうしていた。

原因は、数時間前のイースト紛失事件に端を発する。厨房の冷蔵庫に仕舞われていたはずの生イーストが、忽然と消えていたのだ。そのことに気付いた弘基は、突然恋人に去られた哀れな男のように、泣き出しそうな勢いでもって叫んだ。

「――な、なんで!?　俺のイーストは!?　イースト、どこに行ったんだ!?」

犯人はこだまだった。驚くべきことにこだまは、生イーストをそのまま全部食べてしまったらしい。

「おいしくはなかったけど、イーストを食べれば、俺も大きくなれると思ったんだ」

弘基につるし上げられ、こだまはそう白状した。

「パンはイーストを食べて膨らむって、希実ちゃんに聞いたから……」

かくして弘基の怒りの矛先《ほこさき》は、希実に向きを変えた。自室で勉強をしていた希実の元に、怒鳴り込んできたのだ。

「おめーが余計なこと言ったせいで、俺のイーストがなくなっちまったじゃねぇか!」

一瞬何事かと驚いたが、こだまの説明を受け、とりあえず事態を把握した。そしてその上で、もちろん反論した。だって、パンがイーストの力で膨らむのは本当のことじゃん。しかしそんな希実の言葉に、弘基はプロの知識でもって対抗した。

「だーかーら!　そんな適当に教えたりするから、こだまが勘違いしたんだろって言ってんだよ!　そもそもパンが膨らむのは、サッカロミセスセレビシエ、つまりイーストが小麦粉の糖分を取り込んで、炭酸ガスを発生させるからだ!　それすら第一次発酵での膨らみに過ぎねーけどな！　第二次発酵では……」

そのタイミングで希実は、すぐに察した。このまま喋らせては、パンの製造過程を事細かに聞かされることになる。だから早々に詫《わ》びを入れた。はいはい、私が悪うございました。間違ったことを、こだまに教えてすみませんでした。とりあえず謝ってしまえば、弘基の説教から早く解放されると思ったのだ。

けれどそれは、甘い考えだった。希実が謝罪の弁を述べると、弘基は確かに第二次発酵の仕組みについて話すのをやめた。やめたがしかし、それなら罰としてチラシ配りに行って来いと命じてきたのだ。

「謝罪と引責はセット販売だ。自分の非を認めた以上、責任を取るのが人の務めだろ」

もちろんこだまも、罰を科せられていた。希実が厨房に降りた時には、すでにせっせと店内のモップがけにいそしんでいた。そんなこだまに、俺のせいでごめんね、などと言われてしまっては、自分だけ罰を拒否してもいられない。それで渋々、弘基が渡してきたチラシを受け取り駅前へと向かうことにしたのだ。

六月に入ったばかりの街は、じんわりと夏の湿気を含みはじめていた。そんな夜の中を、人々は気だるげな熱帯魚のようにゆらゆらと泳いでいく。そして希実は、熱帯魚たちの機嫌をうかがうようにしながら、ぎこちない笑顔を浮かべつつ必死にチラシを差し出していた。

「……おいしいパンでーす。十パーセント引きでーす。一度お試しくださーい」

チラシ配りなる作業は、思っていた以上に重労働だった。とはいえ体が疲れるというわけではない。ただ、とにかく心にズシンとくる。何しろ都会の人々というのは、チラシ配りにめっぽう冷たい。基本的には無視をされ、時々しっかり舌打ちをされる。それだけならまだしも、うるせーよと吐き捨てられたりもした。日本人なら米を食えと、怒鳴り出す輩もいた。

もちろん希実には、無視や攻撃に対する耐性がある。あちこちの巣や学校で、そんなものにはいくらも触れてきた。しかしここでのダメージは、今までのそれと少々趣きが違っていた。何しろこちらは、向こうの反応にかかわらず、とにかく笑顔を浮かべていなければならないのだ。普通に考えてそれは、使うべき感情回路があべこべな行為だ。それでもそれが仕事というものなのだろうと、希実は笑ってチラシを差し出す。

「チラシがあれば、十パーセント、いや、二十パーセント引きでーす!」

思い切って、独断で値引率を上げてみるも効果はなし。しかしさりとて三十パーセント四十パーセントと、そこまで値段を下げていく勇気はない。そんなことをしたらまた弘基にどやされる。ここはグッと堪えて、人々の仕打ちに耐え続けるしかない。

「……おいしい、パーンでーす」

しかしその声に、だんだん生気をこめられなくなってしまう。なんだかもう面倒くさくなってしまい、希実はチラシを雑に差し出しはじめる。

「……よかったら、来てくださーい」

その瞬間だった。希実の目の前で、やたら大きな足が立ち止まった。

「……ん？」

やたら大きいが、その足はハイヒールを履いていた。つまりはどうやら女の足のようだ。不思議に思って顔を上げると、そこにはやはりやたら大きな女が立っていた。大柄ではあるが、中々の美人だ。彼女はずいぶん高いところから、じっと希実を見詰めている。ヒールを履いているせいもあるだろうが、希実より二十センチ以上上背がある。

「……あの？」

何事だろうと思い彼女の顔をまじまじ見ると、その視線がチラシに注がれていることに気付いた。それで希実は言ってみた。

「……あの。こちらのチラシをお店にご持参いただくと、もれなく全商品十パーセントオフにさせていただきますが……」

言いながら、チラシを掲げてみた。すると女はそのチラシを受け取り、しばし内容を黙読し、低い声で呟いた。

「……ブランジェリー、クレバヤシ」

そして彼女は突然パッと明るい笑顔を浮かべ、野太い声で言い出したのだった。

「――行く。行っちゃう！」

いや。厳密に表現すれば、彼は、と言うべきか。

「十パーセント引きなんでしょ？　アタシ、おトクって大好きなの～」

低音で響くその声は、明らかに男のそれだった。


ブランジェリークレバヤシに足を運んだ彼女は、当たり前のようにイートイン席に座り、カプチーノを注文した。パンはいかがなさいますか？　お客様。暮林がそう問いかけると、小首を傾げて、訂正を求めた。

「お客様じゃなくて、ソフィアって呼んで？」

そんな二人のやりとりを、希実は厨房のガラス窓に張り付き見守った。作業中だった弘基も、生地を捏ねて遊んでいたこだまも、同じく手を止め店の様子をうかがっていた。何しろソフィアは入店以来、ちらちらと暮林に妙な視線を送っていたのだ。

「パンは、いかがなさいますか？　ソフィアさん」

暮林が訊ねると、ソフィアは笑顔でクロワッサンをと注文した。その笑顔に、なぜか希実は危機感を覚えた。それで自ら志願して、ウェイトレスを買って出た。慣れない手つきでトレーを手にし、カプチーノとクロワッサンをテーブルに運んだ。

やって来た希実を見るや、ソフィアはあからさまにがっかりした表情を浮かべ、さっきの殿方は？　と囁いた。アタシ、あの人に持ってきて欲しかったんだけどぉ。だから希実も言い返した。当店では、従業員の指名は受け付けておりません。あらヤダ、ケチな店ねぇ。ケチってなんですか？　だってだって、少しくらいあの殿方を貸してくれてもいいじゃない。減るもんじゃあるまいし。

そんなふうに、一時不興そうな表情を浮かべたソフィアだったが、しかしクロワッサンを手に取り一口ぱくりとやると、すぐに頬をゆるませ歓喜の声をあげた。

「——ヤダ！　スッゴ〜イ！」

そしてそのままサクサクと音をたて、あっという間にクロワッサンを口の中に収めてしまった。

「ヤダヤダヤダ〜！　こんなおいしいなんて、聞いてなかったわよ〜！」

そんなソフィアの叫びを、希実は耳を塞ぎやり過ごしたが、他の面々は比較的好意的に受け取ったようだった。弘基は満足そうに頷いていたし、暮林も笑顔を浮かべた。こだまなどは面白そうに、こっそりソフィアに近づいて行ったほどだった。

「……チョコクロワッサンも、おいしいよ」

テーブルの脇から顔を出し、そっとそう伝えるこだまを前に、ソフィアはまた顔をほころばせる。

「ヤダ！　かわいい坊や！　ボクに言われたら、注文したくなっちゃ〜う」

すると弘基が、厨房から顔を出し口を挟む。

「チョコクロワッサン、ちょうど焼きあがったばかりですよ」

弘基の姿を見止めたソフィアは、まあ！　奥にもイケメンがいたのね！　と感嘆の声をあげる。そのタイミングで、暮林がたたみ掛ける。

「チョコレートは、カカオをふんだんに使ったベルギー産です。よろしければ、ぜひお試しください」

もちろんソフィアは、チョコクロワッサンも追加注文した。それで勢いづいたのか、オランジェやバゲットのサンドウィッチも次々頼んだ。

「こんなところに、こんないいパン屋が出来てたなんて知らなかったわ〜」

次々にパンを平らげながら、興奮気味にソフィアは語る。

「まあ、このあたりに来たのは十五年ぶりだから、知らなくて当然だけど。でも、アタシが学生の頃にオープンしてくれてたら、絶対毎日通ってたわ〜！」

話によるとソフィアは大学時代、このあたりにアパートを借りて住んでいたそうだ。

「学校が、沿線にあったもんだから。四年間、この街にお世話になったってわけ。でも、十五年でこのあたりもずいぶん変わったのねぇ。駅前なんて、知らないお店ばっかりだったもの。もう、ざ〜んねん！　昔の気持ちを思い出したくてここに来たのに、なんだか知らない街に来ちゃったみたいで、肩透かしくらっちゃったわ」

他の客が来店しなかったこともあり、ソフィアは暮林相手に長々と話を続けた。暮林も暮林で、ソフィアを少しも厭《いと》うことなく真面目に相槌《あいづち》を打っていた。そうなんですよね、特に向こうの商店街は、店の入れ替わりが激しゅうて。ヤッダ〜、弱肉強食って感じ？　ええ、うちもうかうかしとれません。アッラ〜、このお店は大丈夫よぉ。パン、すっご〜くおいしいもの。そうですか？　ありがとうございます。しかも、店員が揃ってイケメンだしぃ。おや、俺もイケメンに入れてもらえるんですか？　モチのロンよ〜！　向こうの彼もかわいいけど、アタシはお兄さんのほうが断然タイプ〜。

おかげで希実は暮林の代わりに、弘基が焼き上げたパンを棚に並べる羽目になった。楽しげに話すソフィアと暮林を横目に、希実は仏頂面を下げ、どんどんパンを並べていく。

そして暮林はといえば、そんな希実の様子に気付くことなく、楽しそうにソフィアとあれこれ話し続ける。ちなみにお兄さん、独身？　ええ、まあ。じゃあ、恋人は？　はは、今はパンが、恋人です。ヤッダ～、じゃあアタシ、パンになっちゃおっかな～！　それが非常に、面白くなかった。もともと暮林という人は、いつもにこにこしている男ではあるが、今のそれはデレデレに見えてならない。暮林のデレデレは、なぜかわからないが面白くない。

しかも、ソフィアに懐柔《かいじゅう》されているのは暮林ばかりではなかった。気付けばこだまもいつの間にやら、ソフィアの膝の上にちょこんと座っている。座って、ソフィアがくれるパンのおすそ分けをはむはむと食べている。それも面白くなかった。もともと誰にでもすぐ懐《なつ》く子ではあるが、だからって、会ったばかりの男だか女だかもわからない人の膝の上に、平気で飛び乗るのはいかがなものか。

そしてそのことを、弘基に指摘されたのも面白くなかった。

「こだまのヤツ、あの人のことずいぶん気に入ったみたいだなぁ」

だから希実は、そうだねと冷ややかに笑って応えた。こだまは、大きいものならなんでも好きだからね。一応、皮肉のつもりだったが、なるほど、だから態度のでかいお前のことも気に入ったんだなと言って返され、余計に腹が立った。

けっきょくソフィアは、二十四時を回ったところで店をあとにした。

「お名残惜しいけど、シンデレラは終電前には帰らなきゃだから」

そんなことをのたまって、暮林とこだまにハグをし、弘基には投げキッス、希実にはウインクを飛ばし、また来るわね〜と、薄い明かりの中へと消えていった。

もちろん希実は、もう来なくていいですと、心の中で手を振った。店の手伝いでこんなに苛ついたのは初めてだった。あの人は鬼門だ。虫が好かない。なれなれしいし図々しいし、女よりも女っぽい。そういうところが、少しカッコウ母に似てもいる。

しかしそんな希実の願いをよそに、ソフィアはその翌日も姿を現した。その段階で少々嫌な予感はしたが、まさかそれから二日と空けず、ブランジェリークレバヤシに姿を現すようになるとは、さすがに想像していなかった。

「すっかりアタシ、このお店のパンの、とりこになっちゃった〜」

そんなことを言いながら、ソフィアは暮林に微笑みかけ、隙あらばボディータッチを繰り返す。こだまが寄り付けば当然のように、ひょいと抱き上げ膝に乗せる。他の客がやって来れば、分をわきまえたようにピタリと口をつぐむ。ただしそれが人好きな常連だとわかれば、すぐに声をかけイートイン席へと招いてしまう。

あろうことか斑目も、そのやり口に飲まれすっかりソフィアと意気投合してしまった。

なんでも年が近いらしく、青春時代に流行ったドラマや映画、聴いていた音楽の話で盛り上がれるんだそうだ。

「こういうことで話に花が咲くって、年をとった甲斐だと俺は思うな」

鼻の穴を膨らませながら斑目は興奮気味にのたまったが、希実は冷めてそれを見ていた。要するにあの女――厳密には、男だけど――の手の平で、上手に転がされてるってことでしょ。けれどそのことを、敢えて指摘はしなかった。何しろ斑目には、こだまの母親探しに協力してもらっているのだ。そして相手は、繊細なる変態。ヘタなことを口にして、機嫌を損ねてしまいたくない。

そしてそんな我慢の末、ようやく斑目から情報をもらえた。調査には手こずったらしいが、変態のネットワークを活用し、あちこちから話を聞いて回ったらしい。持つべきものは、粘り腰の強い変態だ。

その日、開店と同時にやって来た斑目は、イートイン席をすぐに陣取り、希実にも席に着くよう促した。

「ちょっと、長い話になるから」

そして、こだまが店にいないことを確認し、話しはじめた。

「行き先はわからなかったけど、彼女の過去なら大体わかった」

言いながら斑目は、手にした分厚い書類をテーブルの上にばさりと置く。

「過去は未来をかたどるからね。何かしらは、わかるかも知れない」

あんまり聞いてて、気分のいい話じゃないかも知れないけど。斑目はそう前置きして、調べてきた事柄を話しはじめた。

こだまの母、水野織絵は、裕福な家庭に生まれた。父は日本橋に医院を持つ開業医で、母親はその医院に勤める事務員だった。彼らは三十歳ほど年齢が離れており、織絵が生まれた際、父親はすでに五十の年を越えていたそうだ。遅くに生まれた一粒種の織絵を、父親は溺愛していたらしい。将来は娘に医院を継がせると、周囲に語ってはばからなかったそうだ。

しかし、そんな幸せな時間は長くは続かなかった。母親が、若くして亡くなったのだ。まだ織絵が、小学校にあがる前のことだ。病死ということになっているが、自殺だという噂も流れていたらしい。

母の死後、織絵は家政婦と三人の家庭教師によって育てられた。無論、生活費や彼らの給料を捻出していたのは父親だが、織絵の教育のほとんどは、金で雇われた彼らによってなされたらしい。家庭教師の数が多いのは、ひとえに父親が、娘を医者にすると決めていたためだ。そう出来のいい娘ではなかったが、金を積んで教育すればなんとかなるだろうと、父親は思っていたようだ。たぶん優秀な彼には、理解できなかったのだろう。自分の娘がそれほど優秀な子供ではないという、現実が。

「でも医学部を三浪した段階で、父親も諦めたみたいだ。あとは好きにしろと、生活費だけ渡して彼女とは口も利かなくなったそうだよ。それでも娘のほうは、どうにかして父親の期待に応えたかったんだろうね。医者は無理なら、せめて看護師にって、看護の専門学校を受験したらしい」

そして織絵は、どうにか都内の看護専門学校に受かり看護師への道へと進んだ。出来のいい生徒ではなかったが、とにかく真面目で一生懸命な学生ではあったらしい。そしてなんとか、三年間のカリキュラムを終え、国家試験にも合格した。

「そうやって、晴れて父親と同じ、医療従事者になったってわけさ。少なくとも、彼女のほうはそう思ってた。でも、看護師になったという彼女の報告に、父親は激怒したらしいよ。看護師なんかになるなんて、どこまで俺に恥をかかせれば気がすむんだって」

そんな斑目の説明に、希実は首を傾げる。

「……何それ？　看護師なんかって……。医者なのに、そんなこと……？」

すると斑目は、息をつき小さく首を振った。

「そういう医者も、ままいるってことだよ。そして彼は看護師を、看護師なんかと言ってしまうタイプの医者であり人間であったってことさ」

そしてその一件以来、織絵はおかしくなってしまったのだという。

「父親の反対を押し切って、彼女は都内の総合病院に勤めはじめた。それだけならよかったんだけど。しばらくして彼女、子供を、つまりこだま君を妊娠しちゃってね。子供の父親は、おそらく病院に勤める医者の誰かだろうって噂なんだけど。真相は、当人同士しかわからないような状態でね」

そして織絵は、誰が父親なのか明かさぬまま、しかし子供を産むという選択をした。

「もちろん織絵さんの父親は、子供を堕ろさせようとしたらしいけど。わかった頃にはもうお腹が大きくなってて、どうやっても手を打てなかったらしい。そして孫が生まれる一週間ほど前に、心臓発作を起こして急逝してしまった」

周囲は密かに囁いたそうだ。織絵のせいで心労がたたり、彼は死んでしまったのだと。織絵が父親を殺したも同然だと。

あるいは、もうひとつの噂を口にした。亡くなった奥さんの、呪いだ。だからあんな、死に方を——。

話し終えた斑目は、黙ったまま書類に目を落とす希実を前に、肩をすくめ言った。

「だから言ったでしょ？　気分のいい話ではないって」

その言葉に、希実も返した。

「……この過去で、彼女の今の、何がわかるっていうの？」

すると斑目は少し考えて、指を二つ立てて示した。

「考えるべきは、二点。まず第一に、どうして彼女はそこまでして、息子を産もうと思ったのか。第二に、そうまでして産んだ息子を、どうして投げ出し逃げてしまったのか」

「……失踪したのは、こだまとちょっと離れてたいからだって、軽く言ってたけど？」

しかしそんな希実の答えに、斑目は苦笑いを浮かべ返す。

「それはどうかな？　これは、シナリオのセオリーなんだけどさ。言葉っていうのは、あんがい嘘をつくもんなんだよね」

「え……？」

「真実は、何らかの決断を下した時にのみ、見えてくる」

「……決断？」

「息子を産んだこと、投げ出したこと。どうしてその決断を下したのか。答えは過去の中にあって、その決断の意図がわかれば、彼女が今何をしようとしているのか、見えてくるはずだ。少なくとも俺は、そう思う」

斑目の言葉の意味がすぐに理解は出来なくて、希実はじっと考える。

どうしてあの女は、こだまを産むことを選んだ？　どうしてそうして産んだこだまを、捨てるようにして投げ出した？


斑目に投げかけられた問いを、希実はしばらく考えた。けれど、何も思いつかなかった。仕方ないよなと、すぐに諦めた。私はこだまの母親じゃないし、何より母親の経験もない。母になる以前の経験も何一つしちゃいないし、小さな子供を見てかわいいと思ったことだってない。そんな自分が織絵の気持ちを慮《おもんばか》るなんて、どう考えたって無理がある。

希実は思っている。全ての女に、母性があるというのは幻想だろうと。何しろカッコウ母には、それらしきものがあまりない。そしてその娘である自分にも、それは欠落しているように感じられる。

しかしそんな希実に、こだまが思いがけないことを頼み込んできた。

「お願い、希実ちゃん」

学校からの配布プリントを片手に、大きな目を潤ませ言い出した。

「――俺の、お母さんになってください！」

こだまのそんな発言に、開店直後のブランジェリークレバヤシはどよめいた。な、何言ってんの？　こだま。そうだよ、こだま！　なんでこんな口の悪い女なんかに、お母さんになって欲しいんだよ？　俺のほうが、きっとまだマシなくらいだぞ？　希実が驚き、弘基がわめく。そして、ちょうどパンを買いに来ていた斑目も首をひねる。う、うーん。希実ちゃんが母親っていうのは、年齢設定に無理があるんじゃないかな。最後には暮林が、こだまの前にしゃがみ込み問いかけた。どうしたんや？　こだま。何があった？　するとこだまは、しょんぼりと肩を落としつつ暮林にプリントを差し出した。

「……家庭訪問が、あるんだ」

こだまの説明に、一同はプリントをのぞき込む。確かにそこには、「家庭訪問のお知らせ」なる文字が綴られている。

「今度の担任、なんかスゲーうちを見たいって、言ってて……」

パソコンで作成されたらしいそのプリントには、しかし一番下の備考欄なる空白に、赤ペンで大きく注意書きがされていた。

「水野くんのお母様へ　前年、前々年は、お母様のご都合で家庭訪問が出来なかったと、前担任から申し送りされております。そのため本年は、必ずご自宅に伺わせていただきたく思っております。日程はお母様のご都合に全て合わせますので、なにとぞご理解とご協力のほど、よろしくお願いいいたします」

丁寧語で書き連ねてあるが平たく言えば、今年は絶対に家に行くから覚悟しておけという意味だろう。赤ペンで書かれているあたりに、教師の気迫が感じられる。

「織絵ちゃんがいないのバレたら、俺、困るんだよ。だから……」

懇願するこだまを前に、一同は顔を見合わせる。何とかしてやりたいのは山々だが、適当な人材がここにはいない。希実に化粧させれば、なんとかなるんじゃね？ 弘基が言うと、斑目は顔をしかめる。希実ちゃんは、頑張っても二十歳どまりだよ……。じゃあ、弘基が女装すれば？ 希実が言うと、暮林がうなる。似合うとは思うけど、言葉遣いでボロが出そうやでなぁ。

そんなふうに考えあぐねていると、ドアが開きソフィアが姿を現した。

「こんばんは〜。って、あれ？ どうしたの？ みんな」

キョトンと首を傾げるソフィアを前に、弘基が呟く。

「……これが一番、適材っちゃあ適材だよな」

その言葉に、男性一同は頷いた。もちろん希実は、思わず叫んだ。ウソでしょ!? この人を、母親に仕立てあげるつもり!? しかし、男性陣は特に異存がない様子で語る。

だって、他に頼める人もいねーじゃん。希実ちゃんよりは、母親らしく見えると思うし。そやな。こだまもよう懐いとるし、ちょうどええんやないか？　そうなってしまえば多勢に無勢。希実の反対意見など、民主的な観点に立てば無いのと同じ。そしてそれが民意として、弘基からソフィアへと伝えられた。

「——頼みがあんだよ、ソフィアさん。ちょっと、こだまの母親になってくんねぇ？」

事情についても、弘基が端的に説明した。するとソフィアは、珍しく困惑気味な表情を浮かべ、首をぶんぶんと横に振った。そんなの無理よぉ！　そして、無力を訴える少女のような素振りで、体を縮め上目遣いをし口を開いた。

「いくらアタシが綺麗で女らしくても、それはさすがに無理ってものだわよ。だって、アタシ、オカマなのよ？　みんな忘れてるかも知れないけど、元男、なのよ？」

いや、誰もそのことは忘れていないが。一同の脳裏にそんな言葉がよぎったが、誰一人そのことは口に出すことはせず、ソフィアの説得にあたった。そうは言ってもソフィアさん、黙って座ってれば女にしか見えねぇし！　まあ、立ったらでかいのがモロバレだけど……。けどそこは、猫背にして膝曲げとりゃなんとかなるんやないか？　そうですよ。俺なんか、ソフィアさんの立ち振る舞いを見てると、そこらへんの女よりずっと女らしさを感じますし。あとは、もう少し高音で喋る練習でもすれば……。

あれこれと説得にかかる男たちを前に、それでもソフィアはしばらくの間渋っていた。しかしけっきょく、こだまの切実なる一言に折れた。

「……お願い、ソフィアさん。俺の、お母さんになってください！」

その直球が胸にストライクしてしまったのか、うっと言葉を詰まらせたのち、意を決したように言ったのだった。

「――わかったわ。やるわ、こだまくんの母親」

そしてこだまの手を取り、強く握り締め叫んだ。

「呼び起こされちゃったわ！　アタシの母性本能！」

そんなものが、なんでアンタにあるっていうのよ？　そう思いつつも希実は、嬉しそうにソフィアにお礼を言うこだまを前に、大人げないことを口にしてしまうのもはばかられ、黙って二人の様子を眺めていた。

頑張りましょうね、家庭訪問。ソフィアがそんなふうに言って、こだまを抱き上げる。こだまも嬉しそうに、ウン！　と頷く。その笑顔に気をよくしたのか、ソフィアがこだまを高い高いしてみせる。するとこだまが歓声をあげる。スッゲー！　たけー！　そりゃそうだ。背の高いソフィアが繰り出す高い高いは、正真正銘高いのだ。

そのうち、ぼんやり希実は思った。女の私やカッコウの母や、あるいはこだまの母親に欠落している母性本能なるものは、もしかしたら女ではないソフィアや、あるいはどこぞの男の人に、振り分けられているのかも知れないな。

「……」

あるいは、そうであったらいいなと、ちょっとだけ願った。

「家庭訪問の前に、こだまくんのおうちの様子を、確認しておきたいんだけど」

こだまの母を演じると決まってすぐ、ソフィアは希実にそう切り出した。

「家庭訪問といえば、先生を部屋に案内するのはもちろんだし、お茶だって出さなきゃいけないでしょ？　トイレ貸してくれって言われたら、案内しなきゃいけないし。それにある程度家を綺麗にしておかないと、印象も悪くなっちゃうでしょ？」

ソフィアの意見に、希実もなるほどと納得した。確かに、ぶっつけ本番で先生を招いては、ボロが出かねない。ソフィアが織絵の替え玉だとバレたら、それこそ織絵の所在が追求され、失踪している事実が明らかになってしまうかも知れない。そうなったら、かなりマズい。家で織絵を待ちたいという、こだまの願いが壊されてしまう。それで希実はこだまも一緒に、ソフィアを連れて水野家へと向かった。

「……あーらら。なーんだ、思ったよりは綺麗にしてるのね」

居間に足を踏み入れたソフィアは、部屋の中を見渡しながらそう感想を述べた。
「屋根に苔が生えてるのを見た時は、どうしたものかと思ったけど。家の中はちゃんとしてるじゃない。感心、感心」

そんなソフィアの言葉に、希実はフフンと鼻で笑う。何しろこの部屋は以前、希実が目いっぱい掃除しておいたのだ。そしてその後も、こだまが散らかしてしまわないよう、細かく指示を出し整理整頓を続けさせている。それだけではない。洗濯も洗い物も、なるべく自分でやるよう言いつけている。母親があんなふうである以上、子供は早く大人にならなければならない。それが希実の信条で、希実自身もそうやって小中学校時代を乗り切ってきたのだ。

もちろん、こだまの手が行き届かない部分は希実がフォローしているが、それでもこだまは思った以上に、言われたことをキチンとこなす子供だった。話す内容から鑑《かんが》みて、あまり勉強が得意なタイプではないだろうとも思っていたのに、持ち帰ってくるテスト用紙のほとんどは、百点かもしくは九十点台だった。ただの天然ボケだと思っていたが、あれであんがい意外性のある子供なのだ。

「……まあ、こんくらい。たかが子供にも出来るってことでしょ」
得意顔で希実が言うと、ソフィアはそうねぇと微笑みながら、窓のサッシ部分を人差し指でつーっとなぞり、姑のように家のあちこちの不足を指摘しはじめた。でも、細い汚れが目立つわ。ふすまが日に焼けてるし、窓も全部薄汚ーい。そして極めつけには、何より庭をなんとかするわよ。あれじゃあ、お化け屋敷みたいだもの。と宣言してしまった。どうやら徹底的にこの家を、まともな家庭のそれに仕立てあげるつもりのようだ。

それでも希実はそんなソフィアの言葉を、ほとんど他人事のように聞いていた。ソフィアが自分でなんとかするのだろうと、高を括っていたのだ。しかし、全ての事柄を言い連ねたのち、ソフィアは希実の手を取り言い出した。

「そんなわけで、問題山積だけど。一緒に頑張りましょうね。希実ちゃん」

どうやら完全に、希実の力も当てにしていたようだ。もちろん希実は、なんで私がそんなことをと、ソフィアの提案を辞そうとした。しかしソフィアは切々と訴えた。

「いい？　希実ちゃん。アタシがいくら美人で女らしくても、しょせんはこだまくんのお母さんじゃないの。どんなふうに、ボロが出ちゃうかわからない。だったらこの家くらいは、完璧にしておきたいじゃない？　何よりそのくらいの用意がされてなきゃ、アタシだって怖くて母親のフリなんてできないわよ」

そして、ちょっと切羽詰った表情をのぞかせ、言ったのだ。

「……何より、自分じゃない誰かになるって、けっこう大変なことなのよ」

普段の様子から、もっと大雑把で肝っ玉の据わったタイプなのかと思っていたが、あんがい小心者で繊細なところがある人なのかも知れない。そう思った希実は、仕方なくソフィアの提案に従うことにした。幸い家庭訪問は、十日も先だ。土日を丸々使ってしまえば、そのくらいのことは出来るはず。こだまにも協力させれば、猫の手くらいにはなるだろうし。屋根の雑草やら庭の整備は、暮林さんと弘基にやってもらえばいい。店の休業日の一日くらいで、頼めばきっと片付けてくれるだろう。それでも足りなきゃ、斑目氏を駆り出すって手もある。何しろソフィアを母親役にと推したのは、私じゃなくて男たちなのだ。そのくらいの責任は、とってもらって然るべき。

かくしてこだまの家は、日に日に家らしさを取り戻していった。最初の一週間は、希実とソフィアで家の中の掃除に明け暮れた。もう面倒くさいよと希実がこぼすと、ソフィアは姑のように叱咤した。

「――わかってないわね、希実ちゃん。家庭生活っていうのはね、そりゃあ面倒くさいものなのよ」

外観の整備はブランジェリークレバヤシの定休日一日で、暮林と弘基が終わらせてしまった。男手というのは、あんがい偉大なものなのだなと希実は密かに感心した。

残りの三日間で、こだまの部屋に時間割表を作るだとか、トイレに九九表を貼るだとかの、細々とした偽装をしていった。こだまにソフィアを「お母さん」と呼ばせはじめたのもその頃だ。それこそ慣らしておかなければ相当にマズイだろうと、遅ればせながら一同が気付いたのだ。まあ、気付くのが遅過ぎた感は否めないが。

しかしこだまは、あんがいあっさりソフィアをお母さんと呼ぶようになった。実の母である織絵を、お母さんとは呼ばず織絵ちゃんと呼んでいたのがよかったようだ。

「お母さんて呼ぶの、俺、初めて！」

そんなことを言ってこだまは、部屋を整理するソフィアにまとわり付いてもいた。お母さんて呼ぶ練習してるんだ！　そう言っては、お母さんお母さんと、ソフィアを呼ぶ。するとソフィアも、なあに？　こだま。などと、笑顔で返す。そんな様子を毎日見ているうちに、この二人は本当に親子なんじゃないかと、うっかり錯覚しそうになるほどだった。

家庭訪問当日には、一同総出で水野家前に集合した。その日のソフィアは、黒いニットと黒いタイトスカートを身に着けていた。ソフィア曰《いわ》く、これが一番身体を小さく見せてくれる服だということらしい。その言葉に弘基は、薄目を開けてそうだなと返した。うん、まあ、確かに、小さく見えないこともないよ、うん。斑目は、望遠鏡で中の様子は見守っておくから、安心してくださいねと言い置いた。暮林は、いつものように飄々と、健闘を祈っとりますと笑った。大丈夫ですよ、これだけ準備してきたんやし。希実も、そんな暮林の言葉尻に乗った。そうだよ。今となってはソフィアさんが、誰よりこだまのお母さんに見えるもん。だからきっと、大丈夫！　思いがけず、熱くエールを送ってしまった。

そんな面々を前に、ソフィアはそうねと頷いた。そしておもむろに、ちちんぷいぷいとはじめた。突然繰り出された呪文に、一同がきょとんとする中、しかしソフィアは淡々と自分に言い聞かせるようにして続けた。

「ちちんぷいぷい、アタシよ、アタシ。今日だけこだまの、お母さんになーあれ」

いったい何がどうしたんだと、希実は首を傾げ訝ったが、当のソフィアはその言葉に、何やら意を固めたらしく、よし！　と声をあげ一同に笑顔を向けた。

「じゃあ、行って来ます」

そして傍らのこだまに手を出し、行きましょうかと手を繋ぐと、そのまま二人で連れ立って、家の中へと入って行ってしまった。

担任教師がやって来たのは、それから三十分ほどのちのことだ。お堅そうな男性教諭が現れ、水野家のインターフォンを押した。以前は壊れていたそれも、暮林たちの修理によりちゃんとピンポンと音を鳴らした。ほどなくして玄関のドアが開く。ソフィアが顔をのぞかせ、笑顔で教師を家の中に迎え入れる。

希実たちはゴミ捨て場の陰に隠れ、その様子をじっと見守った。教師の水野家滞在時間は、おおよそ二十分ほどだった。ドアが開き教師が出てくると、ソフィアはこだまと一緒になって、教師を笑顔で見送った。教師のほうも、柔らかな笑顔を浮かべていた。

その様子に、一同は確信した。替え玉作戦は、成功したのだ。


作戦が成功したあかつきには、店で祝杯をあげようということになっていた。もちろんソフィアには内緒だったが、みんなで準備をしておいた。料理はほとんど弘基が用意したが、希実も暮林もどうにかこうにか、覚えたばかりのパンをそれぞれ焼き上げた。

ソフィアにそのことを伝えると、嬉しそうに飛び上がりはしゃいだ。ヤッダ〜！　ホントに〜!?　実はアタシ、ここのところ体が小さく見えるように、ずっとダイエットしてたのぉ。だから今日も、お腹ペッコペコなの〜。ありがと〜、みんな！

そしてそのまま、お祝いに移るはずだったのだ。あのことが、なければ。

一同が駅前の交差点で、信号待ちをしている時のことだった。こだまは赤信号を睨みつけ、青になれ〜、青になれ〜と呟いていた。どうやらそうやって、信号に魔法をかけているつもりらしかった。その様子を、一同は笑って見ていた。子供ってのは、無邪気だな。そうだね、呪文で信号が変わると思ってるんだから。ホント。ただの機械仕掛けなのにね。まあ、そんだけ想像力があるっちゅうことなんやろ。

ソフィアも、いつものように微笑んでいた。そういえば子供の頃は、色んなことが不思議で、色んなことが魔法みたいに、思えたりしてたものねぇ。そう言って眩しそうに、こだまの様子を見詰めていた。

その時希実の耳に、タケヤマ！　と誰かが人を呼ぶ声が届いた。けれど希実は、その声に反応しなかった。当然といえば、当然だった。何しろ希実は知らなかったのだ。ソフィアの本当の名前が、嶽山大地であるということを。それは、暮林も弘基も、無論斑目も同様だった。

信号が変わって一同が歩き出すと、向こうで信号待ちをしていた家族連れの父親が、タケヤマ！　と手をあげ、こちらに向かって歩き出していた。その姿を、希実は視界の端で捕らえてはいた。男は、おい、タケヤマ！　タケヤマだろ!?　待てよ、タケヤマ！　そう繰り返し、叫んでいた。しかし希実たちは、そんな男のことなど気にも留めず、横断歩道を渡り続けていた。それと同時に、ソフィアが男から逃げるように、元の道を引き返し駆け出していたことには、気付かずにいた。

ソフィアの姿がないことに希実が気付いたのは、横断歩道をすでに半分以上渡った頃合だった。

「あれ？　ソフィアさん？」

振り返った時にはもう、ソフィアは人込みの中を、希実たちに背を向け走っていた。

「――ソフィアさん!?」

小さくなっていくソフィアを見止めた希実は、勢いその名を叫んだ。けれどソフィアは振り返らなかった。振り返らずそのまま、人込みの中に消えて行ってしまった。

ソフィアがブランジェリークレバヤシに姿を現したのは、それから三日ほどしてからのことだった。いつもと同じく、開店とほぼ同時に彼女はやって来た。

「……この間は、ごめんなさい」

ただしその日は普段通りイートイン席に座るのではなく、戸口に立ったまま希実や暮林、こだま、そして厨房の弘基を目で確認し、開口一番そう詫びを入れ頭を下げた。

「……せっかく、色々と、準備してくれてたのに」

そんなソフィアを、もちろん暮林は席につくよう促した。

「謝ることなんて、いっこもないです。ソフィアさん、あの日は本当にようやってくれたんやで。今日は、なんでも好きなもん注文してください。もちろん全部、ご馳走させてもらいますで」

笑顔で言う暮林に、ソフィアはホッと安堵の笑みをもらし、促されるままいつものイートイン席に腰を下した。

「――あの日ね、大学時代のサークル仲間に、会っちゃったの」

席につきコーヒーを飲みながら、ソフィアは説明をはじめた。希実は思い出していた。あの時、横断歩道で誰かを呼び止めようとしていた、男のことを。なんと言うか彼は、ごく普通の男の人だった。いかにもサラリーマンの休日といった感じの、紺色のポロシャツとベージュ色のチノパンという装いをしていた。髪は短くもなく長くもなく、少しだけ白髪が混じっていたかも知れないが、おおむねまだ豊かな髪を保っていた。奥さんは、ベビーカーを押していた。カジュアルな白いチュニックに黒いクロップドパンツを合わせて、ベージュの帽子をかぶっていた。こちらもごく普通の、若い奥さんという感じだった。今時めずらしいくらい、普通に幸せそうな家族だった。ソフィアが言っているのは、おそらくあの男だろうと希実は思う。

「こういう時って、天然美人は損だわよね〜。アタシって元々が美形だったから、男の頃と大して顔が変わってないんだもの。おかげで見る人が見れば、ああアイツだって、けっこうわかっちゃうみたいなのよね」

言いながらソフィアは、小さく苦笑いを浮かべる。

「しかもアタシ、前にチラッと、テレビのバラエティ番組に出ちゃったことがあってね。働いてたお店が取材されて、ホンのちょっと映っちゃっただけなんだけど。テレビって怖いわよ～？　その一瞬で、アタシがそういう仕事してるって、あっという間に親にまで伝わっちゃったんだから。あの時も、勘弁してよ～って感じだったわぁ」

へえ、そういうもんなんですか。希実が少し感心したように返すと、ソフィアはそうなのよと強く頷いた。しかもね、そんなふうにテレビに出ちゃったせいか、オカマだオカマだって、屈託なく言われるようになっちゃってね。お笑い番組に映ったものは、なんでも面白がっていいんだって、みんな思ってるのかしらね？　学生時代の知り合いなんかも、興味本位でお店に押しかけてきたりもしたし……。そしてソフィアは、あの彼もそんな感覚だったのかも知れないわねと、遠くを見詰めるように目を細めて付け足した。だから女の姿のアタシを見ても、そっとしておこうなんて思いもしなかったのかも。

そして小さく、ため息をついた。

「……でもね、先に彼に気付いたのはアタシのほうだったのよ？　彼も彼で、全然変わってなかったんだもの。昔のあの人は、ごく普通の大学生で、そこそこ授業もサボってて、時々はちゃんと代返役を買って出るような、ごく普通の人だった。そしてアタシも、彼と同じだったの。ちょっと美形ではあるけれど、ごく普通の男子学生だったの」

そう言うソフィアの口元には、薄く笑みが浮かんでいた。どうやらそれほど、悪い思い出ではないようだ。

「サークル仲間で夜の海までドライブしたり、安居酒屋でオールしたことも何度もあったわ。先輩のノートをコピーして回し合ったり、どの授業が楽勝科目なのかって話し合ったり。アタシもちゃんと、そんな普通の中にいたの。確かに、いたのよ。……そう思ったら、彼が、自分の分身みたいに思えてきちゃってね。ソフィアになることを選んでなかったら、もしかしたらアタシも、あの彼みたいになれてたのかしらって……。どうにか普通に、どうにか家族を持って、子供を持って、どうにか、アタシは——」

言葉を詰まらせるソフィアに、希実は思わず声をかける。ソフィアさん？　大丈夫？　するとソフィアは、ハッと我に返りいつもの笑顔を繕った。

「アタシね、ずっと本当にアタシになりたかったの。だから故郷を離れて、東京の大学に進学した。でも、こっちに出て来たからって、何が出来るわけでもなくて、けっきょく四年間は普通に男子学生やっちゃって。今の世界に飛び込んだのは、大学を卒業してからだったの。これ以上、自分の気持ちを偽って生きていくのは耐えられないって、ソフィアになった。ちちんぷいぷい、アタシよアタシ、綺麗な女になーあれってね。最初の頃は、うまくいってたのよ？　水商売にも向いてたみたいで、毎日が楽しかった。ここがアタシの本当の居場所だったんだって、心から思えた。やっとアタシは、本当にアタシになれたんだって、信じていられた。……でも最近になって、気付いちゃったのよ。けっきょくこれは全部、ただの魔法だったんだって」

　そう言ってソフィアは、また、笑う。

「魔法はけっきょく、本当にはならないんだって、わかったのよ。こんなアタシでもいいって、一生一緒に生きていこうって言ってくれた人もいたけど、やっぱりアタシじゃダメだって、最後はどこかに行っちゃったし」

　じっと聞いているこだまは、希実のスカートの裾をギュッと握っている。握って、何か言いたそうに唇を尖らせている。でもきっと、何を言えばいいのかわからなくて、口を開けずにいるのだろう。それは希実も、同じだった。

「親は今でも、泣いてるらしいし。ホントつくづく情けなくなっちゃう。何十年も生きてみて、誰のことも幸せに出来ないで、自分のことすら幸せに出来なくて。ホントのアタシなんて、きっとどこにもいなかったのよ。それを無理やり、ソフィアになる魔法なんかかけて、逃げてたんじゃないかって気すらする。そんなことさえしなきゃ、普通の幸せをどうにか手に入れて、親を泣かせずに済んだんじゃないかって――。あの、サークルの仲間みたいに……」

そう言ってソフィアは、ペロッと舌を出し肩をすくめた。やーね、アタシったら暗いこと言っちゃって。まあつまり、アタシって、逃げてばっかりのダメ子ちゃんなのよね～とおどけて、自分の頭にげんこつをしてみせた。ホント、ダメなの。アタシって。

するとこだまが、うぐ！と妙な声をあげた。あげて、ソフィアを睨みつけた。そして、何か言い出そうと口をパクパクしはじめた。

「……あ、ん、と……。ぐ、ど、あ……」

しかし、それらしい言葉が見つからなかったらしく、ちょっと待ってて！と言い置いて、厨房の中へ入っていき、そのまま二階に続く階段を上っていってしまった。

「……どうしたのかしら？　こだまったら」

不思議そうに見送るソフィアに、希実がムッツリと返す。

「ムカついたんじゃない？　自慢の母親が、そんなこと言い出すの」

その言葉に、ソフィアが、え？と眉根を寄せる。希実はそんなソフィアに対し、搾《しぼ》り出すように続ける。

「……てゆうか。なんで、こんなアタシとか言うの？　ダメだとか言うの？　全然、ダメじゃなかったクセに。こだまの母親、ちゃんとやったクセに……。なんでそんなこと言うの？　子供は嫌だよ、親がそんなふうに自分のこと言ったら——」

するとソフィアも、困ったような笑顔で返す。

「ごめんね、希実ちゃん。でもあの母親役だって、ただのその場しのぎなのよ」

「でも、一生懸命がんばって、あそこまでやったんじゃん……！」

「それでも、一時だけ夢が見られる、魔法みたいなものだった。だってそうでしょう？アタシはこだまの母親じゃないんだし——。何よりアタシみたいな人間は、永遠に誰かの母親になることなんて出来やしないんだもの。どんなに願ったって祈ったって、誰かの親になれる日なんて、未来永劫きやしないんだもの」

笑顔で言っているはずなのに、ソフィアの声は泣き出す手前のそれに聞こえた。希実は言葉を詰まらせて、そんなソフィアの前で唇を噛んだ。でも、本当に思っていたのだ。そんなふうに、言わないでよ。引くほど母親らしく見えてたのに。そうじゃないなんて、言わないで。お願いだから、言わないでよ。

そんな中、ふいに暮林が言い出した。

「ソフィアさん、コーヒーのお代わり、いかがです？」

希実とソフィアのやり取りなど、聞いていなかったかのような調子で、飄々とそんなことを訊ねると、さっさと新しいコーヒーの準備をはじめてしまった。とはいえ、コーヒーマシンに残ったコーヒーを、カップに注いだだけの話なのだが。

ソフィアのテーブルからカップを引き取り、暮林は温かいコーヒーを注ぐ。注ぎながら、ぽつぽつと語りだす。

「……魔法なんてものは、確かにまやかしごとですわな。あんなものは、普通かかりませんからね。魔法がかかるのは、種も仕掛けもある時だけです」

そんな暮林の発言に、希実とソフィアはきょとんと首を傾げる。何を、言い出すんだ、この人は。しかし暮林は、変わらぬ笑顔のまま淡々と続ける。

「手品のハトやったって、そうです。あんなもん仕込まな、袖口から出てくるわけがない。だってハトですもん。瞬間移動やって、そうです。仕掛けがなかったら、あんなおかしなこと出来ません。出来たら異常事態や。パンやってそうでしょう？　イースト菌を入れな膨らまんし。何事も、ちゃんと仕込まなどうにもならん」

そして新しいコーヒーを、ソフィアに差し出す。

「そやで、魔法がかかるのは、種も仕掛けもあるからなんですよ」

差し出して、笑顔を少し濃くして言った。

「そやでソフィアさんには、種も仕掛けもあったんですわ。それがあったで、ソフィアさんはソフィアさんになれたんです」

意味がわかるような、わからないような、不思議な言葉だった。だから希実は、訊こうとした。どういう意味なの？　種って何？　仕掛けって？　しかしそう訊く前に、こだまが厨房から駆け出して来てしまった。

「これ！　これ見て！」

駆けながらこだまは、そう叫んでいた。

「ねえ、見て！　これ！」

そう言うこだまの手には、画用紙が握られていた。

「……なあに？　いったい……」

不思議そうに、ソフィアが訊く。するとこだまは鼻の穴を膨らませて、ン！　と画用紙をソフィアに差し出す。

「……？」

そこには水彩絵の具で、人の顔が描かれていた。ボブスタイルの、女の人。

「——お母さんの絵！　花丸、もらったんだ！」

こだまの言う通り、絵の傍らには大きな花丸と、赤ペンで先生のコメントが書かれていた。とても似てますね。よく描けています。

それを見止めた希実は、内心思う。いや、似てないけど。むしろヘタだけど。それでもそこに描かれたソフィアは、笑顔を浮かべていた。ヘタな絵なのに、ひどくいい笑顔に見えた。

「……こだま」

小さく呟いて、ソフィアはその絵を受け取る。そしてしゃがみ込み、こだまを抱きしめ笑顔を浮かべる。もちろん、ひどくいい、笑顔を。

「――ありがとう、こだま。お母さん、嬉しい……！」

そう言ってこだまをひとしきり抱き回したあと、ソフィアはそっと暮林に訊いた。

「……ねえ、暮林さん」

「はい？」

「……アタシに魔法は、かかってるかしら？」

すると暮林は、いつものように笑って言った。

「ええ、かかっとりますよ」

その言葉は、希実の耳にも届いていた。

「もうずっと、かかっとります」

＊　＊　＊

その日ソフィアは、初めてブランジェリークレバヤシのパンを買い、ダンボールハウスへと持ち帰った。家ではミケが、いつものように丸くなって眠っていた。

「……」

ミケが眠る毛布の端には、クリップケースが落ちていた。おおかたコンビニあたりで万引きしたものだろうと、ソフィアはそれを拾い上げポケットに仕舞い込む。ミケはとにかく手癖が悪い。初めて会った時もそうだった。ドラッグストアでそれは器用に、虫刺され薬をくすねていた。あれは常習犯のやりくちだった。何に臆することもなく、手に取った箱を袖の中へと滑り込ませる。そしてそのままごく自然に、売り棚に背を向け歩き出す。相当慣れていなければ、中々ああはやり果せない。

目が合ったのは、その瞬間だった。万引きが見つかったと気付いたミケは、表情をこわばらせた。それまでぼんやりとしていた瞳に、いくぶん生気が戻った。自分が生きていることを、やっと思い出したような顔だった。

そんなミケに、ソフィアは微笑みかけてみた。けっこうなお手前で。すれ違いざまそっと囁いてみた。するとミケは何を思ったか、ソフィアのあとを付いて来てしまったのだった。それが、ミケを飼いはじめてしまった事の顚末だ。

ミケはほとんど荷物を持っていなかった。突発的な主婦の家出かなにかだろうと、ソフィアは考えていた。そんなミケが、唯一大事そうにポケットに仕舞っていたのが、小さな包装紙だった。そこには、「Boulangerie Kurebayashi」なる印字と、店の住所らしきものが記されていた。

その住所は、かつてソフィアが暮らした街と同じだった。あの街、今、どうなってるのかしら？　そんな好奇心が首をもたげたことと、かつての自分がいた場所を確認したいような気持ちが芽生えて、ソフィアはそのパン屋を目指してしまった。そこに思いがけない出会いがあるとは、想像もしていなかったが。

「……ん？　んぁ？　そふぃあさ～ん、お帰りですかぁ」

ようやくソフィアの気配を感じたらしいミケが目を覚ます。そして眠そうに目をこすりながら、ぐねぐねと体を起こす。

「……ただいま、ミケ」

しかしミケは、ソフィアが手にしているパン屋の包みを見るなり、ハッと目を見開く。生きていることを、思い出したような顔だと、ソフィアは思う。

「おいしいわよね、ここのパン。アンタも食べたことあるでしょ？」

ソフィアが言っても、ミケは呆然としたまま微動だにしない。

「素敵な店よね。アタシもすっかり気に入っちゃった」

言葉を失くしたままのミケを前に、ソフィアはうーんと伸びをして続ける。

「それとアタシ、そろそろホームレスは廃業にしようと思ってんの。お店に誘ってくれてる昔の仲間がいるから、そこで働き出そうと思って。もう梅雨の季節だし。ここでぐずぐずしてんのにも飽きちゃったしね。潮時だと思うわけ。アタシも、アンタも」

こだまの家でソフィアは見つけてしまったのだ。ミケがこだまと写っている写真を。これが織絵ちゃんだよと、こだまは言った。織絵ちゃんていうのが、こだまの母親なんですと、希実が付け足した。それでソフィアは納得した。つまりミケが、こだまの母親なのね。

「……こだまくん、いい子じゃない。アンタもミケなんてやめて、あの子のところに帰ってやんなさいよ。アタシが魔法を、かけてあげるから」

言いながらソフィアは、ミケの頭を撫でてやる。

「ちちんぷいぷい、ミケよミケ……」

大丈夫だろうと、ソフィアは思う。だってアタシの魔法は、効きが強いらしいし。

「……こだまの、優しいお母さんに、なーあれ」

何よりミケとこだまには、種も仕掛けもあるはずだから。

Coupe

―クープ―

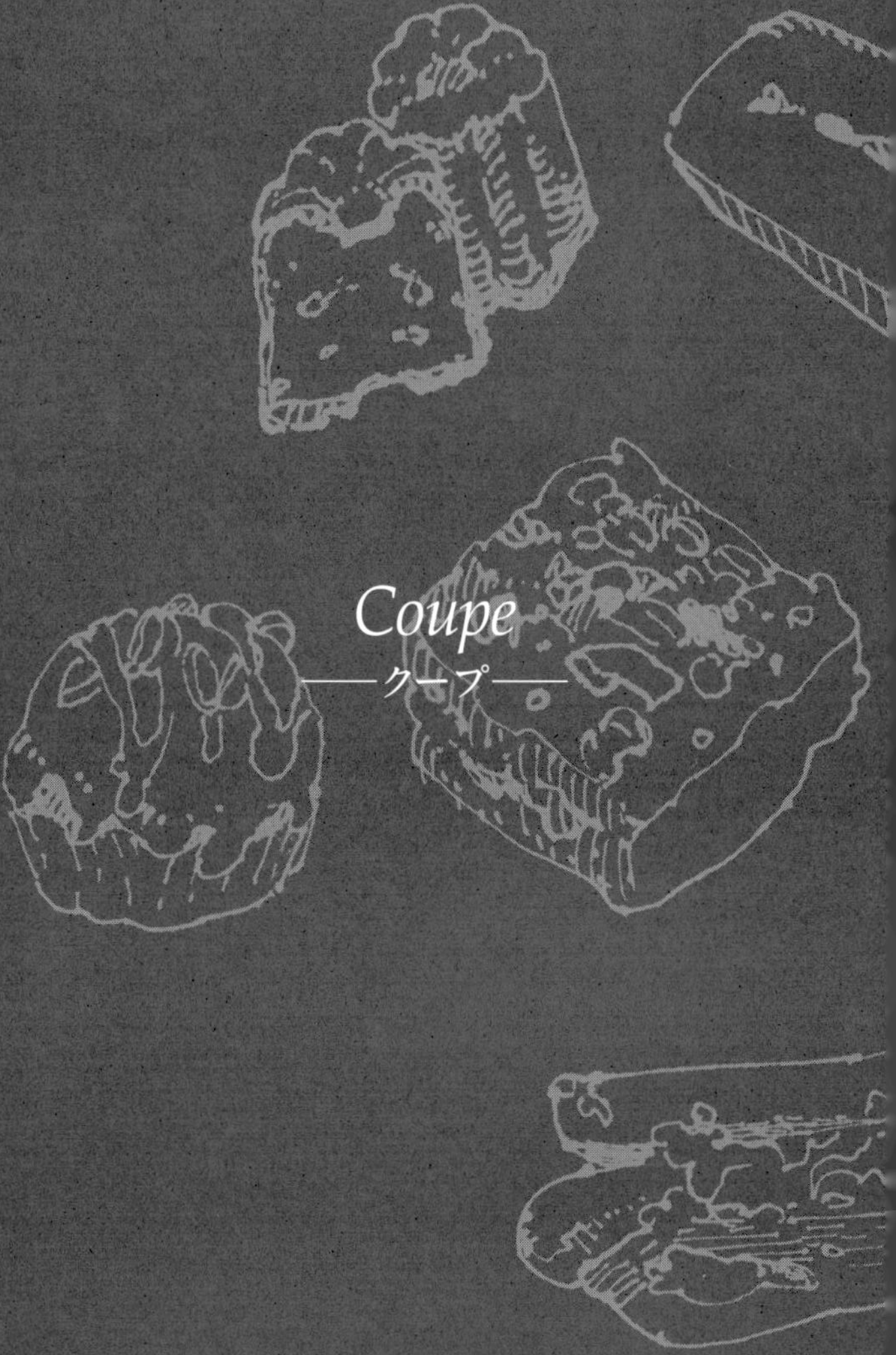

柳弘基の人生における判断基準は、久瀬美和子《くぜみわこ》、もとい暮林美和子に誉めてもらえるか否か、その点に絞られていると言っていい。ここ十年来ずっとそうで、今後もしばらくそうだろうと弘基は考えている。

弘基が美和子と出会ったのは、彼がまだ中学二年生、思春期真《ま》っ只中《ただなか》の頃だった。当時の弘基は素行の悪さに定評のある悪童で、補導回数はおそらく学年トップレベルだったと自認している。主な罪状は、万引き、恐喝、窃盗等々。金がかかるだけのタバコや酒、薬には手を出さなかった。病院へ行くのにも金がかかるので、喧嘩も極力控えていた。守銭奴《しゅせんど》だったわけではない。実際問題、金がなかっただけの話だ。

その数年前から、弘基が育った地区では地盤沈下が起こっていた。沈み込んだのは土地ではなく、周辺の経済状況だったのだが。まだ幼かった弘基の目にも、その沈下は見て取れた。多くあったはずの町工場が次々倒産していき、そこで働いていた者たちはところてん式に職を失っていった。職を失うということは、収入源を失くすことであり居場所を失くすことであり、尊厳を失くすことでもあるのだろうと、弘基は思っている。

事実町には、昼間っから酒を飲んで歩く男の姿が増えた。道行く女たちも急に老《ふ》け込んだ。弘基の両親も同様だった。長年勤めていた工場が無くなった父は、次の職場が見つけられず、わかり易く酒に走った。やはり工場でパート勤めをしていた母は、同じように職場を失い、一時間もバスに揺られた先にある、深夜の弁当工場で働くようになった。弘基、中学一年の春のことだ。

一家の暮らしは、じりじり沈んでいった。弘基の一日の食事は、母が二日に一度ちゃぶ台の上に置いていく五百円で、彼はその金でもって思春期の旺盛な食欲を満たさなくてはならなかった。それでも、五百円が置かれていればまだマシだった。時おり母は、うっかりしたふりをして百円玉を置いていった。父親はもっと最悪だった。酒を買う金があるなら俺によこせと、弘基が殴りかかった時のことだ。体格的に、すでに弘基に敵《かな》わなくなっていた彼は、台所から包丁を持ち出した。持ち出して、俺をバカにするなと暴れた。終わってんなと、弘基は思った。金がねーって、マジ終わってる。

だからといって、二人を恨んだことはない。地盤沈下が起こる前は、全然いい暮らしだったのだ。もちろん裕福な生活とは言えなかったが、母は食事を用意してくれていたし、父だって決して包丁を振り回したりはしなかった。それだけで、家族としては充分だったと、弘基は今でも思っている。つまり憎むべきは地盤沈下、あるいは金のない暮らし、というのが、当時の弘基が導き出したある種単純な結論であった。ではその地盤沈下を、どうしたら乗り越えられるか。その答えは、さらに単純明快だった。ないものは、あるところから取ればいい。同じように考える仲間はあんがい多かった。だから彼らと手を組んで、弘基は悪事を重ねていった。後悔も反省もしたことはなかった。する点があるとすれば、見つかって捕まってしまったことくらいだ。

一方で弘基は、物以外もたくさん盗んだ。女の子たちのハートだ。幼い頃から美しい顔をしていた弘基は、女という女たちに優しくされていた。同級生から、その母、その姉妹、保母さん、女教師、果ては道行くただのお婆さんまでが、何くれにつけ弘基に声をかけ笑顔を向けた。そして、当時まだ心根が曲がっていなかった弘基は、優しさには優しさでちゃんと応えていた。あれは正のスパイラルだったなと、弘基は今でも思っている。地盤沈下がなかったら、俺って本当にただの王子様になっていたかもしんねー。

しかし現実問題、地盤沈下は起こり弘基の心根は多少なり歪《ゆが》み、歪みは平和そうにしている人間たちへと向かった。お嬢さん然とした女子が告白してくると、決まってひと通り遊んで傷つけて捨ててやった。なにせ思春期、食欲もさることながら性欲だって旺盛だったのだ。学校で一番かわいいと評判だった女の子にも、ずいぶんとひどいことをした。告白されて付き合いはじめて、そのうちに遊びに行った彼女の家で、彼女のお姉さんとも寝たのだ。もちろん、彼女の初めてもいただいたあとで。

「弘基は、ちゃんと人を愛せない人なんだよ」

別れ際、彼女は言っていた。当時は傲慢な女だなと鼻白んだ。自分に惚れないような男は、人を愛せない欠陥品だとでも言いたいのか。自惚れんなよ、このバカ女。しかし今では、彼女の言葉はある程度的を射ていたと思っている。美和子さんに会わなかったら、俺はきっととんでもないスケコマシか、ヒモ男にでもなってたことだろう。

弘基と美和子を引き合わせたのは、当時の保護司だ。もろもろの悪行の結果、その頃の弘基には、そんな監視役が付いてしまっていた。美和子には今後しばらく、君の家庭教師をやってもらうつもりだと彼は説明した。

「彼女、都内の進学塾で教鞭をとってるんだ。専門は英語だけど、それ以外も教えるのが上手いから、きっといい先生になってくれると思うよ」

あと二ヵ月もすれば中三に進級するという時期にあってなお、七の段以降の九九が怪しい弘基を、おそらく案じてのことだったのだろう。けれど弘基はその申し出を断った。高校に行く気などさらさらなかったのだ。学力の問題ばかりではない。経済的にも難しいことはわかっていた。

「いーよ。中学出たらテキトーに働いて、そのうちホストにでもなるから。この顔は親が唯一くれた財産だかんな。女騙してボロ儲けして、せいぜいいい暮らししてやるよ」

　弘基が言うと、美和子は笑った。

「そんなのダメよ。人を騙してお金を稼ぐなんて、よくないことだわ」

　もちろん弘基は言い返した。

「関係ねーよ。金なんて稼いだもん勝ちじゃん。金に綺麗も汚いもないんだからよ」

　すると美和子は言ったのだ。屈託のない、笑顔で。

「あるわよ。お金には、綺麗も汚いもある。あなただって、わかってるから言うんでしょ？　本気で綺麗も汚いもないと思ってる人は、そんなことまず言ってこないもの」

　図星だった。本当はわかっていた。金には、綺麗も汚いもある。親父が昔稼いでた金は、綺麗な金だった。家族のために汗水流した金だった。誇りを持って仕事に臨んで得た金だった。俺だってわかってんだよ、んなことは。しかしそうは思いつつも、バツが悪くなった弘基は言い訳がましく言い捨てた。

「……とにかく家庭教師なんていられねー。勉強したところで、腹はふくらまねーし」

　もちろん皮肉のつもりで言った。しかし美和子は額面通り受け取ったらしく、数日後大量のパンを持参し弘基のアパートに押しかけた。

「私ね、塾講師でもあるんだけど、製パン学校の生徒もやってるの。だから弘基くん、勉強すればお腹いっぱいになるわよ？　私が作ったパン。全部あげるから」

笑顔でパンの包みを差し出した美和子を前に、弘基は思った。この女、バカなのかな。だけど包みからは甘くてこうばしいにおいがして、弘基の口の中には勢いつばが広がってしまった。焼きたてなの。温かいわよ？　押し付けられたパンの包みは、本当に温かだった。暖房が使えない部屋の中で、すっかりかじかんでいた弘基の手は、久方ぶりの温もりに触れた。しかもその頃、ちゃぶだいに百円すら置かれていない日が続き、弘基は空腹に震えていたのだ。だから美和子が差し出したパンの包みを、その場で開けてしまった。中には、バゲット、ベーコンフランス、クロワッサン、チョコデニッシュが詰め込まれていた。手にとってちぎると、ほのかに湯気がのぼった。弘基はほとんど貪るように、そのパンを口に運んだ。その時食べたパンほどうまかったものはないと、弘基は今でも思っている。あの味は俺の、原点だと言っていい。

以来美和子は、パンと教科書を携え、弘基の家を訪ねるようになった。ほとんど餌づけだったよな、あれ。今ではそう思う。でもそのパンのおかげで、九九も最後まで覚えられたし、英語の基礎もそこそこ身についた。たわむれに美和子が口にする、片言のフランス語もなんとなく覚えた。バイトをしながら定時制の高校に通うようにもなった。弘基は自分でも呆れるほど、美和子によって人生を変えられてしまったのだ。

だから美和子がパン作りの修行をするからとフランスに飛んでしまった時も、迷わずあとを追ってしまったのだろう。高校を卒業してすぐのことだ。渡航費は昼も夜もなくバイトをして稼いだ。一緒に悪さをした仲間たちも、なぜか協力してくれた。割りのいい仕事を回してくれたり、バイト代の半分を餞別だと渡してくれたヤツもいた。驚いたことに両親も、なけなしの金をはたいてくれた。母はへそくりだと三万円。父は黙って二万円を渡してきた。どうしたんだよ、この金。そう弘基が訊くと、父はフンと鼻で笑って答えた。これは、アレだよ。万馬券てヤツが、当たったんだよ。けどまあ、こんなのはどうせ、あぶく銭だからよ。当たった分、全部お前にくれてやろうと思ってよ。しかしその手は、黒い油で汚れていた。

「ここじゃないどこかで、お前はうまくやれ。間違っても、俺みたいにはなるんじゃねぇぞ」

バカ言えと、弘基は思った。あんたみたいに、俺はなるよ。綺麗な金を稼いでた、あんたみたいに俺はなってやるんだからな、クソッタレ。だがその前に、まずは渡仏だ。

片言のフランス語を駆使し、弘基はどうにかパリのモンマルトルまで辿り着いた。美和子のアパルトマンが、このあたりにあることは知っていた。だから弘基は、例え何日かかったとしても、そこでひたすら美和子を探すつもりだった。しかし予想に反して、美和子はすぐに見つかった。モンマルトルの丘に向かう階段前の広場で、弘基の目はすぐに人込みの中の美和子を捉えた。どうしてそんなことが出来たのか、一瞬だけ不思議に思った。けれど理由は、すぐにわかった。

運命なんだと、弘基はそう理解した。つまり美和子さんは、俺の運命の人なんだ。だから、見つけられたんだ。例えまた同じ状況になったとしても、俺はきっと彼女を見つけるだろう。何度でも、何度でも。何しろ運命なんだから、何度でも、何度でも。

階段の上から、弘基は美和子の名前を呼んだ。振り返った美和子はもちろん驚いた。ヒロ君？　どうしたの？　どうして、ここに？　美和子がそう言う間に、弘基は階段を駆け下り、彼女の前まで駆けつけた。そして叫んだのだ。一世一代の、アレを。

「勝手に遠くに行ってんじゃねぇよ！　美和子さんのパンがないと、俺もう、生きていかれねぇんだからさ！」

それはつまり、愛の告白のはずだった。しかし美和子はやはり額面通りに受け取ったようで、それ以降学校で作ったというパンを、なにくれにつけ弘基に食べさせた。いや、そういうことじゃないんだけどさ。そう思いつつも弘基は、まあいいかといったん引くことにした。何しろ年の差は一回り。十八の俺は、美和子さんにとってまだガキもいいところだろう。もう少し大人になったら、改めて告白すればいい。それから弘基は、パンの道に進んだ。そのことは、美和子がパンをくれたあの日、すでに心に決めていた。その出発点がフランスになるのは想定外だったが。製パンの学校に通う金などなかったから、パン屋の雑用から仕事をはじめた。そして数年。弘基は腕のいいブランジェになった。

もちろん、誰より努力もした。持って生まれた才能もあったようだ。運もよかった。何しろ勤め先のオーナーは、どこの馬の骨ともわからない日本人の小僧にも、技術の継承はブランジェの務めだからと、製パンの技術をちゃんと叩き込んでくれたのだ。しかも美和子が、誉めてくれた。作ったパンを持って行くたび、すごいだのおいしいだの天才だのと言って、頭をくしゃくしゃとやってくれた。要するに、犬みたいなもんだったんだよなと、弘基は思っている。俺は美和子さんに誉めて欲しくて笑って欲しくて、嬉んで欲しくて、パンの道に進んだんだ。

「好きな人においしいパンをあげたくて、私はパンを作ってるのよね」

時々美和子がそんなことを言うので、弘基は多少なり自惚れていた。何しろ自分は、誰より美和子からパンを渡されている。だから美和子に恋人がいると聞かされた時は、あごが外れるかと思うほど驚いた。

「大学の頃から、付き合ってるの。向こうの仕事の都合でずーっと遠恋だけど」

それでも勝機は自分にあると信じていた。距離を詰めているのは自分のほうだし、何より自分にとって、美和子は運命の人なのだ。だから美和子が結婚したと聞かされた時は、魂が抜かれたかと思うほどに脱力した。

「お互いもうじき三十歳だし。いい区切りだからって。だから私、今日から久瀬じゃなくて、暮林になるの。よろしくね」

それでもまだチャンスはあると諦めなかった。美和子が愛しているのはその夫かも知れないが、美和子を誰より愛しているのは自分に違いないと確信していたのだ。しかも長らく海外赴任をしている夫より、自分のほうがたくさんの時間を美和子と共有している。何よりパンという共通項もある。だから、想っていれば、そのうちきっと――。

しかしその美和子は、あっけなく天に召されてしまった。暮林と会ったのはそれからだ。最初は、こんな薄らひげ眼鏡に負けたのかと絶句した。いつもへらへらしているし、覇気もなければ気概もない。美和子が人生を賭けていたパンについても、まったくの門外漢で、手捏ねパンすら作ったことがないとのたまった。

だから一緒にパン屋をやらないかと誘われた時は、この男、頭がおかしくなったのか？　と疑った。それでも話に乗ってやったのは、暮林という男の行く末を見届けたかったからだ。美和子の愛した男を、間近で観察したかった。この男に美和子が何を感じ、何を思ったのか知りたかった。とどのつまりは暮林の中に、美和子を見出そうとしているだけかも知れないが。

それに、この男のパン屋を手伝うなんて、美和子さんも誉めてくれそうだしなあ。そんなところでも、くだんの判断基準は発揮されている。何よりこの店で働いてると、退屈しねーし。

暮林とはじめたブランジェリークレバヤシには、珍客が多い。その最たる人物が希実だろう。美和子の妹と名乗り現れたが、残念ながら美和子の父親は二十年前に他界している。つまり彼女は、美和子の妹ではない。しかし暮林は、その少女を美和子の妹とし店に置くことにしてしまった。

「美和子が手紙に、引き取ってええって書いとったんやし、別にええんやないかな」

そして時々、おかしそうに言う。

「しかし希実ちゃん、美和子によう似とるわ。血は繋がっとらんのに、奇遇なもんや」

もちろん弘基は反論する。はあ？　あの女のどこが美和子さんに似てんだよ？　美和子さんは、もっと大らかでたおやかで優しくて、陽だまりみたいな人だったじゃんか。

すると暮林は、大笑いをして返したのだった。

「まあ、美和子もだんだん、丸うなっていったでな。けど大学生の頃なんか、いっつも不機嫌そうに、人を睨みつけとるようなもんやったで。世界はどこも戦場やなんて言って……」

　暮林の中には、やはり弘基の知らない美和子の断片がある。

「平和なこの国にも、目に見えん銃弾があちこちで飛んどる。目に見えん爆弾があちこちで爆発しとる。それで傷ついとる人がおっても、気付かん振りしてみんな幸せそうに笑っとる。そういう戦場なんやって。昔は時々そんなことを、言ったりもしとったよ」

　それが美和子の発言とは、にわかには信じられなかった。それでもその意味は、わかるような気がした。そして思った。自分も昔、戦場にいたのかも知れない。だから美和子さんは、俺に手を差し伸べてくれたのかも知れない。

　戦場というものを知る、彼女だったから——。

＊　＊　＊

　梅雨入り宣言がされた翌日の明け方、希実は斑目に叩き起こされた。

「夢違観音て、知ってる？　希実ちゃん」

　まだ日も昇り切らない頃にやって来た斑目は、寝ぼけ眼の希実を厨房へと連れ出すなり、そんなことを訊いてきた。一体何がどうしたんだと思いつつ、希実は眠い目をこすりつつ返した。

「……知らないけど、その、ゆめちがいかんのんが、どうしたの？」

すると斑目は、額ににじんだ汗を手の甲で拭いつつ、実はねと言い出した。

「――そこに、こだまくんの母君がいらしたんだ」

そんな斑目の言葉に希実は、え!? と声をあげる。まとわり付いていた眠気が、いっぺんに吹っ飛ぶ。コックスーツを脱ぎかけていた暮林と弘基も、斑目の声が耳に入ったらしく、しどけない姿のまま希実たちのほうへと飛んで来る。

「マジかよ？　ホントにこだまの母親だったのか？」

ほぼ半裸の弘基が訊くと、斑目は自信満々の笑顔を向け大きく頷いた。

「望遠鏡から見ただけだけど、何せ俺のは超高性能だからね。彼女に間違いない。今から三十分ほど前に、ふらっと夢違観音の前に現れて、しばらく手を合わせてた。ただ、そのあとを見失っちゃって。彼女、路地裏にふらふら入って行くもんだから……」

それでもかまわないからと、希実はこだまの母がいたというその場所へと向かうことにした。幸いなことにその道順については、弘基が詳しく知っていた。

「夢違観音なら、俺のマンションの近くだぜ。店からの帰り途中にある寺の、確か池かなんかに奉られてた気がするけど」

弘基の言葉通り、夢違観音なるその青銅像は、寺の境内脇にある池の真ん中で、水面から生えるようにして建っていた。池の淵の看板には、観音像の説明書きが記されていた。その文字を、暮林がゆっくり読み上げる。

「夢違観音。悪い夢、二度と経験したくないこと、思い出したくないことなどを、良い夢に変えてくれます、か……」

それを受けて、弘基はフンと鼻を鳴らした。

「……つまりそういう経験が、こだまの母親にはあるってことか」

一方、斑目から織絵の過去について聞かされている希実には、思い当たるふしがあり過ぎた。

彼女はあの過去の中の、何を良い夢に変えようとしてるんだろう。母の死か、父との関係か、あるいは叶わなかった自らの進路か、もしくは父の突然の死か、それともこだまを産んだ事実か、それとも、それとも――。考えるほどに滅入ってしまう。するとと察したらしい斑目が、慰めるように言ってくれた。

「思い詰めないで、希実ちゃん。よければ俺が、この場所を当分監視しておくから。こだまくんの母君が現れたら、いの一番に希実ちゃんに知らせるから」

なんだかんだいってこの人は、本当に空気が読める変態だなと、希実はうっかり感じ入る。しかしそこは、さすがに変態。鼻の穴をやにわに膨らまし言葉を続けた。

「だ、だ、だから、その……。ののの、希実ちゃんの、けけけ、携帯番号と、メメメ、メアド、おし、おし、教えてくれないかい？」

これで嚙まなきゃ変態っぽくはならねーのになと、弘基がしみじみ感想をもらす。希実も確かにと思ったが、その一方で斑目が、確かに俺は変態だが、希実ちゃんの携帯番号を悪用するような外道ではないと強く主張するので、メアドも携帯番号も教えることにした。何より今度織絵が現れたら、是が非でも捕まえたかったのだ。

織絵が姿を消して、すでに二ヵ月。そんな長きに亘って、彼女はこだまの元を離れているべきじゃない。それが希実の率直な感想であり、願望でもあったのだ。


「どうしよう、希実ちゃん。うちに、ヘンなオジサンとオバサンが来てるんだ」

こだまが希実の携帯を鳴らしたのは、その日の夕刻のことだった。

「織絵ちゃんに会わせろって、そればっかり言って帰ってくれないんだよ」

嫌な予感がした希実は、暮林に頼んで一緒にこだまの家まで行ってもらうことにした。

「……もしかしたら、児童相談所の人とかかも知れない。こだまが子供ひとりでいるって、通報されちゃったのかも」

希実のそんな説明に、暮林はなるほどと頷いた。そりゃ、早よ行ってやらんとな。

暮林と連れ立って向かったこだまの自宅のインターフォンの前には、中年男性と、男よりはまだいくぶん若い女の姿があった。二人はどちらも、かっちりとしたスーツを着ていた。髪も染められているふうはなく、女のほうは縁なしの眼鏡をかけていた。一見して希実は、彼らを児童相談所の職員だろうと見当付けた。何しろ真面目そうな彼らの横顔には、善意と正義感がにじんでいたのだ。暮林が声をかけると案の定、彼らは相談員であると身分を明かした。通報があったんです。男のほうが、そう説明した。

「夕べ、匿名の電話が入りまして。「こちらの水野こだま君のお母さんが、長らく失踪されていると。その間こだま君が、ひとりで家に残されているとのことで」

男の言葉に、希実は素早く反駁した。

「そんなの、ただのいたずらです。こだまの母親は、失踪なんてしてません」

しかし女性の職員が、眉間にしわを寄せ切り返す。

「でもご近所の方々も、ここ最近お母様を見かけてないっておっしゃってましたよ？」

どうやら突然現れた希実と暮林に、警戒心を抱いている様子だった。おかげで希実は内心ひどく焦ったが、暮林はやはりいつも通り飄々とし、口の端には笑みを含ませていた。相手の出方をもう少しうかがおうという、余裕すら感じる態度だった。こだまが家から飛び出してきたのは、その時だ。

「――希実ちゃん！　クレさん！」

二人の名前を呼びながら、門扉の前まで駆けて来たかと思うと、こだまはそのまま希実の後ろに隠れ、泣き出しそうな声で相談所職員らに懇願した。

「ね？　俺、ひとりじゃないでしょ？　だから平気！　だから、大丈夫だから。もう、帰ってください」

切々と訴えるこだまに、職員たちは困惑の表情を浮かべる。すると暮林がようやく重い腰を上げ口を開いた。

「……この子の、言う通りです。確かにこの子の母親は、しばらく家を離れていますが、その間は私がこだまを見るように、ちゃんと頼んでいかはりました。だから我々もこの通り、この子の元に足を運んどる次第です」

それでも、女性職員は食い下がる。

「失礼ですが、こちらのお宅のご親戚か何かで？」

暮林がいいえと返すと、また訝しそうに続ける。

「なのになぜ、子供を頼まれたりするんです？　お母様とは、どういう関係で？」

するとも暮林は、ハハハと笑いながら返した。

「ただのパン屋と、お客様の間柄ですがね。この子、うちのパンをずいぶん好いてくれましてね。前々から、ようううちで預かったりもしとったんです」

いつものように、のんびりとした口ぶりだった。その調子に、職員たちも毒気を抜かれたように、そうですか？　まあ、それなら……。などと言いはじめる。そんな様子を前に、暮林がさらにたたみ掛ける。

「お忙しいところ、あんまり引き止めてしまうのも申し訳ないですし、今日はもうお帰りください。これ以上何かあるようなら、うちの店まで連絡くれればええですから」

にこにこ笑顔を浮かべながら、上手に彼らを追い返してしまった。

「俺は仕事があるでもう帰るけど、希実ちゃんはしばらく、こだまと一緒におってやりなさい。家におるのが不安なようやったら、しばらくこだまを店に置いても構わんし」

暮林の提案に、希実もそれがいいと頷いた。こだまをブランジェリークレバヤシに住まわせておけば、近所から通報されることもないだろうし、何よりひとりにさせておく心配もなくなる。

しかしこだまは、そんな希実の誘いに首を振った。

「──それはダメだよ。希実ちゃん」

そして、いつもとは少し違う、大人びた表情を見せ続けた。

「俺はここで、織絵ちゃんを待ってないと。帰った時に、家に誰もいなかったら、織絵ちゃんきっと、寂しがるもん」

自分はいつも、人のいない家に帰っているくせに、そんなことを言ってみせたのだった。

店から持ってきたパンを夕食として食べさせると、こだまはすぐに船を漕ぎ出した。ベッドに連れて行くと、コトンと糸が切れたように寝入ってしまった。もしかしたら、さっきの相談員とのやり取りで、あんがい疲れたのかも知れないな。寝息を立てるこだまを見ながら、希実はぼんやりそんなことを考える。屈託なくはしてるけど、この子も限界に来てるのかも知れない。

こだまを寝かしつけた希実は、そのままなんとなく織絵の部屋に足を踏み入れてみた。彼女の部屋は、どうにも雑然としていた。色も素材も背丈も違うちぐはぐな家具。クローゼットからはみ出した衣装ケース。月毎のカレンダーがベッド脇の壁に貼られているのに、日めくりのカレンダーも机の前の壁に掛けられている。ベッドには大小さまざまなぬいぐるみ。アンティーク風のものからゲームセンターの景品らしいものまで、ごっそり一まとめになっている。本棚には、小中学校時代の教科書もあれば、看護学校時代のそれと思しきものまで残されている。卒業文集や卒業アルバムも同様だ。たわむれに小学校時代の卒業文集を見てみると、織絵のページはやっぱりどこか不恰好だった。文字の配置と文章量に、あちこち差があり間が抜けていた。将来の夢が「優しいお母さん」であることにも、思わず苦笑いを浮かべてしまった。

「……全然、叶ってないじゃん」

言いながら希実は卒業文集を本棚に戻し、改めて部屋を見渡した。散らかっているわけではないのに、足の踏み場がないように感じられてしまうのは、荷物の多さとその種類のアンバランスさに因るのかも知れない。そんな部屋の様子は、織絵自身をどことなく連想させた。

ベッド脇のサイドボードには、こだまと一緒に撮った写真が、いくつか飾られていた。写真の中のこだまは、嬉しそうに笑っていた。織絵もちゃんと、笑顔だった。こうしてると、ただの普通の親子なのになと希実は思った。

それなのにどうして、織絵はこだまの元から姿を消したのだろう。消したまままずっと戻ってこないんだろう。このまま時間が経てば本当に、こだまは彼の意思に反して、保護の対象になってしまうかも知れないというのに。

「……どうして、彼女はそれを選んだ？」

斑目の言葉を思い出しながら、希実は小さくひとりごちる。決断にこそ、真実がある。

だったら織絵の真実というのは、いったいどういうものなのか。

その時、希実の携帯が震えた。斑目からの着信だった。

「——現れたよ！　希実ちゃん」

電話の向こうで、斑目は叫んだ。

「こだまくんの母君が、また夢違観音に！」

夢違観音。二度と経験したくないこと、思い出したくないことなどを、良い夢に変えてくれます。

織絵はいったいどんな過去を、良い夢に変えようとしているのだろう。

こだまを寝かしつけたまま、希実は夜の夢違観音へと急いだ。斑目の素早い連絡のおかげか、辿り着いた時もまだ、織絵は池の青銅像に向かって手を合わせていた。

「……」

息を切らしながら希実がその背中に近づくと、織絵はふっと手を下ろし、そのままゆっくり振り返った。振り返って、微笑み口を開いた。

「……希実ちゃんには、超能力があるんですか？」

そして、不思議そうに続けたのだった。この前も、あたしがここに来たすぐあとに、希実ちゃん、やって来たでしょう？　男の人たちと、一緒に。だから希実も、質問に質問で返してしまった。

「……私たちがここに来たの、見てたの？」

するど織絵は、小さく笑って頷いた。

「見てましたよ。ずっと、見てました。希実ちゃんが、パン屋のご主人と一緒になって、相談員さんに嘘をついていたのも、全部、見ていました」

暗い水の中を泳ぐ魚のような声で、織絵は言った。

「……こだまのこと、ちゃんと話し合いたいんだけど」

希実がそう提案すると、織絵もすぐに頷いた。ええ。あたしもそうしたいと、思っていました。それで希実は織絵を、開店前のブランジェリークレバヤシへと案内した。

店のドアをくぐると、織絵は小さく嘆息した。素敵な、お店ですね。そして眩しそうに目を細め、店の中を見回した。素敵なのに、温かい。こだまが、気に入るはずですね。

暮林に促され、織絵は一番奥のイートイン席に腰を下ろした。そんな織絵に、弘基が温めた牛乳を差し出した。織絵はありがとうございますと、小さな声で礼を言って、少しだけカップに口をつけた。そして、静かに切り出した。

「……まずは何から、話しましょうか？」

その言葉に、希実ははじかれるようにして返す。

「――こだまのことだよ。あなたがこだまを、どうするつもりなのか教えて」

口早に言う希実に、しかし織絵はゆったりと答える。

「……そうですね。……正直に、言ってしまえば、困っていると、いいますか……」

そして、希実、暮林、弘基を順々に見止め、小さく息をついた。

「あたしが家を出て、ずいぶん経つのに……。だからもうとっくに、施設に入れられてると思っていたのに……。まだあの家にひとりでいるなんて思ってもみなくて……。しかもみなさん、こだまが保護されるの、邪魔してますよね？　どうしてそんなこと？」

そう問われた希実は、思わず語気を強めて言ってしまう。

「こだまが、あなたの帰りを待ってるからだよ。あの子、あなたを家で待ってるんだって、そう言って……」

すると織絵は、希実の言葉を遮り口を開いた。

「――でもあたしは、もうあの子がいらないんです」

瞬間、希実の脳裏に斑目の声が蘇った。真実は、何らかの決断を下した時にのみ、見えてくる。息子を産んだこと、投げ出したこと。どうしてその決断を下したのか。だから希実は、その決断の理由を訊いたのだ。

「……どうして、いらないの？」

その質問に、織絵は意外なほどあっさり答えた。

「こだまが、あたしの息子になってしまったから」

まるであらかじめ、そう答えようと決めていたかのように。

「いらないんです。あたしは、あたしの子供なんか――」

そしてうわ言を口にするように、長い話をはじめたのだった。


「あたしは、父にとても愛されていました。遅くに生まれた子供だったということもあります。溺愛と、言ってよかったかも知れません。あたしはいつも、父の腕に抱かれていました。記憶も、あるんです。父の白衣が、頬に触れる感触。薬のにおい。しっかり覚えているくらい、父はあたしにべったりだった。だから期待もされていました。開業していた病院を、あたしに継がせると父はいつも言っていたんです。早くお前も医者になって、私の右腕になってくれと。あたしもそのつもりでした。お嫁になんか行かなくて、ずっと父の傍にいる。それがあたしの夢で、果たすべき義務でもあった」

イートインのテーブルをじっと見詰めながら、織絵はすらすらと自らについて語り出した。それはまるで、テーブルの上に置かれたメモを読んでいるかのようなよどみなさで、自分について語りながらも、どこか他人事といった風情ですらあった。

「でも、あたし、頭があんまり、よくなくて——。全部、母のせいなんです。母の血が、あたしの頭を悪くしてた。父もよく言ってました。あの女は医者の妻に成り上がるために、病院に事務員としてもぐりこんで、自分を誘惑したんだって。あの人は、打算的で、ふしだらな女だったんです。でも父は、あたしが産まれたらあたしだけに夢中になって、母のことなんて眼中になくなってしまった。だから母は、私をひどく恨んでいました。今でも覚えてるんです。母が、父に抱かれるあたしを、憎らしそうに見てたこと」

淡々と話す織絵を前に、希実は薄ら寒いものを感じていた。織絵の口から繰り出される、母への侮蔑の言葉のせいかも知れない。あるいは、父に対する強い慕情に、違和感を覚えたからかも知れない。

「あの人、ずっとあたしに嫉妬してた。裏庭の椎の木で、首をくくってしまった時も、あたしをじっと見てたもの。死んでたくせに、ちゃんとあたしを睨んでた。あたしの頭が悪いのは、母の血のせいだけじゃないかも知れない。母の呪いも、あるのかも。あたしを幸せになんかするもんかって、あの目は確かに言ってた気がする」

そしてその母の呪いのせいで、自分は不幸になったのだと、織絵は説明した。

「だってたくさん勉強したのに、何度も医大の試験に落ちてしまったんです。それでついには、父にも見限られてしまった。お前はしょせんあの女の娘だからなって、唾を吐くみたいに言われてしまった。でも、そんなはずはないんです。あたしはずっと、父の娘だったんだもの。父だけの、娘でいるはずだったんだもの。邪魔をしたのは、あの女。死んであたしに呪いをかけた、あの母親」

この人、こんなことを思いながら、ずっと生きてきたのかなと、希実は思った。こんなことを思いながら、長い月日を、この人は――。

「あの女のせいで、あたしは父の期待通り育ってなかった。それからもあれこれ間違えて……。でも、まだチャンスはあると思っていました。あたしは父の期待に応えられなかったけど、父の期待に応えられるような子供を産めば、きっと父は喜んでくれるんじゃないかって、そう思って……。運がいいことに、その頃のあたしは、大学病院に勤めていました。優秀なお医者様が、たくさんいる病院。その中でもあたし、一番頭のいい先生に近づいたんです」

その言葉に、思わず希実は息を飲む。

「奥さんのいる方で、あたしのことはただの遊びだから、割り切ってくれよって言ってらしたけど、そんなのちっともかまわなかった。だってあたしは、彼の子供が欲しかっただけなんだもの。彼に似た、優秀な子供。父に許してもらえるような子供が……」

織絵の目が、奇妙に歪む。希実は黙ったまま、織絵の次の言葉を待つ。

「だから、こだまを妊娠したってわかった時、あたし飛び上がって喜びました。これで父に、また愛してもらえる。昔の父とあたしに、きっと戻れるって」

それが、最初の決断の理由だったのかと、希実は言葉を失くす。そんな理由で、あなたはこだまを、望んだの。そんな理由で、あの子を産んだの。

「父親のいない子供を産むなんて、許さないって父は言ってたけど。でも、産まれてしまえば、父もわかってくれるって思ってました。あたしが、父のために子供を身ごもったことも、きっと理解してくれる。残念なことに、こだまが産まれる前に、父は死んでしまったけど。でも、こだまは本当に優秀な子だったんです。一歳の時に受けた知能診断で、言われたんですよ。この子は、天才ですよって……！」

目を潤ませながら、織絵はうっとりと語る。その時の幸福感を、そのまま体に蘇らせているように、体を震わせ満足そうに息をつく。そんな織絵に、暮林が問いかける。いつも通りの笑顔を、ちゃんと口の端に浮かべたまま。

「……それがなんで、こだまをいらんなんて、思うようになったんですか？」

すると織絵は、それまでの笑顔をスッと消し去り、冷めた顔で言ってのけた。

「……幼稚園受験に、失敗して。でもそれは、あたしが片親のせいもあるかもって、諦めたんですけど。小学校受験もダメで。それでわかってきたんです。けっきょくこだまは、あたしと同じバカなんだって」

そんなことないと、希実は唇を噛んだ。こだまはバカじゃない。あなたが、ちゃんと見てないだけだよ。テストだって、ちゃんといい点数をもらってる。家庭訪問では、先生も誉めてくれてた。最近落ち着きが出てきたって。何よりあの子は、すごく優しい。こんな私にだって、すごく優しいのに。あなたはこだまのこと、知らな過ぎるんだよ。ちゃんと見てないから、あの子のことがわからなくなってるんだよ。

しかし織絵は、そんな希実の憤りに気付くことなく、抑揚のない声で続ける。

「だからもう、あの子はいらないの」

児童相談所に電話を入れたのも、自分だと織絵は告白した。

「だって施設に入るのが、あの子のためだと思ったんです。いらない子として育つのは、たぶんあの子だって辛いでしょうから……」

夜も更けた二十三時を前に、織絵は店を出て行った。こだまの所に戻るつもりですかと暮林が訊くと、織絵は小さく首を横に振った。じゃあ、どこに？　暮林が続けると、織絵は警戒するような目をして返した。どこだって、いいじゃないですか。あなたたちには、関係ない。

「……あの女の、言う通りかもね」

織絵がいなくなったイートイン席で、希実は小さくそう呟いた。

「こだまは、施設に入ったほうが、いいのかも知れない。少なくとも、あの女が母親として傍にいるよりは、そのほうがずっといい」

本気で、そう思っていた。親でいないほうがマシな親など、この世界には掃いて捨てるほどいる。何より希実は、忘れていたのだ。あの時、斑目が言っていたことを。

「言葉っていうのは、あんがい嘘をつくもんなんだよね。真実は、何らかの決断を下した時にのみ、見えてくる」

決断を下すというのはつまり、何らかの行動を起こすことをさすのだろうと、希実は思う。

そして織絵は、その行動を起こしたのだ。

ブランジェリークレバヤシに電話がかかってきたのは、午前を少し回った頃のことだった。電話の主は斑目で、希実が電話に出ると、大きく安堵の息をもらした。心配した様子で希実に言い募った。

「――よかった！　希実ちゃん、うちにいたんだね！　携帯に何度電話しても繋がらないから、何かあったのかと心配してしまったよ」

その言葉に、希実ははたと気付いた。そういえばさっきから、携帯を目にしていない。

「ああ、ごめん。たぶん携帯、こだまの家に忘れてきちゃったんだ。どうしたの？　何か用があって、連絡くれたの？」

希実が訊ねると、斑目はそれがねぇと、不思議そうな様子で切り出した。

「……ちょっと、気になることがあるんだよね」

斑目によればここ数時間、水野家の周りを、不審な男がうろついていたのだという。

「二人組の男でさ。今はもう撤収しちゃったんだけど。俺の経験則からすると、あの雰囲気は調査会社の人間だと思うんだよね。でも、なんでこだま君のうちの周りを、そんな人間が嗅ぎまわってるのかわからなくてさ……」

そんな報告を受けた希実は、携帯を取りに、再びこだまの家へ向かうことにした。こんな真夜中にと、暮林も弘基も眉をひそめたが、弘基の私服を着ることを条件に、外出を許可してくれた。

「よし。こんな毒虫みたいな格好をしとれば、悪いもんも寄ってこんやろ」

そんな暮林の表現に、弘基はしばし腑に落ちない表情を浮かべたが、確かにこの服着てれば、お前なんて男にしか見えねーからなと皮肉を口にし、希実を店から送り出したのだった。

夜のこだまの家には、必ず明かりが灯っている。そうしておくのが、こだまのルールだからだ。省エネのご時世なのにと、希実がたしなめてもダメだった。玄関と居間の明かりは、絶対に消さないでと強く懇願してきた。

それは全部、織絵ちゃんのため、だった。

「夜、帰った時に家が暗かったら、織絵ちゃん寂しいでしょ？」

自分は暗い家に帰っているくせに、こだまはそんなふうに言うのだ。

だからその日も、玄関の明かりは灯ったままだった。その上鍵がかかっていなくて、希実は一瞬ひやりとした。何しろ最後にこの家をあとにしたのは、他ならぬ希実だったのだ。斑目からの連絡を受けて、確かに慌てて飛び出した。しかし相当に急いではいたが、鍵はちゃんとかけたつもりだったのに。そういう類いのうっかりミスは、しないタイプなんだけどな。首をひねりながら、希実は玄関へと足を踏み入れる。

「あ……」

その瞬間、合点がいった。玄関先には、黒い女物のストラップシューズが、ちょこんと脱いで置かれていたのだ。先ほど織絵が履いていたものと、それは同じ靴だった。

希実は静かに、暗い廊下を進んだ。そして、明かりがついたままの居間を通り過ぎ、こだまの部屋へと足音を忍ばせ向かった。

「……ね。……ま」

部屋に近づくと、小さな声が聞こえてきた。それが織絵の声であることは、姿を確認するまでもなくわかった。

ドアが開いたままの戸口に立つと、ベッドに横たわるこだまが見えた。先ほど希実が寝かしつけたままの格好で、ぐっすりと眠っているようだった。

「……」

そしてその傍らには、織絵の姿があった。織絵はベッド脇にしゃがみ込み、こだまをじっと見詰めていた。眠るこだまに触れようと、織絵はゆっくり手を伸ばす。けれどその指がこだまの頬に触れる少し手前で、彼女の動きは止まってしまう。そして何かを堪えるように、その手をぎゅっと引っ込めてしまう。

「……ごめんね、こだま」

引っ込めた手を握り締め、織絵は小さく呟く。

「……ごめん、ごめんなさい。ごめんなさい」

まるで小さな女の子のように、何度も何度も繰り返す。

そんな織絵を見ながら、希実はぼんやりと思っていた。いらないと言い捨てたはずの子に、どうしてこの人はこんなふうに、涙を流しているんだろう。涙を流してこんな夜更けに、誰にも知られないようにひたすらに、こだまにも気付かれないように声を殺して、こうして謝ったりしてるんだろう。

希実は力を加減して、聞こえるか聞こえないかほどのノックをしてみる。すると織絵はハッと顔を上げ、ゆっくりと戸口のほうを向いた。

「……あ」

その顔は涙でずいぶんと濡れていた。

なんで家にいるのと、希実は織絵を廊下に連れ出し問いただした。

「さっき言ってたことと、この状況。普通に考えて矛盾があり過ぎるんだけど。ちゃんと説明してくれない？　でないと、このまま大声出してこだまを起こすよ？」

そんな希実の脅しに、織絵はしばらく困惑の表情を浮かべたあと、半ば観念したように、話しますから、こだまは起こさないでくださいと頭を下げた。

「……あたしはこだまを、捨てなきゃいけないんです」

居間でお茶を入れながら、織絵はそんなことを言い出した。お茶を入れる織絵の手つきは覚束なくて、希実は少しはらはらしながらその様子を見守っていた。

そうしてようやく入れたお茶を、織絵はどうぞと希実に差し出してきた。希実はそれを、黙ったまま受け取った。窓には夜の庭が映っていた。ガラス窓には先ほどから、羽虫がぶつかってははじかれ、その音がコツコツと小さく響き続けていた。

「さっきお話しした通り、あたし、父の気持ちを引くために、子供を持とうとしました。それは、本当です。それで妊娠して、父に激怒されたのも、本当です」

言いながら織絵は、ぎゅっと身をすくめる。当時のことを、思い出しているのかも知れないと、希実は思う。わからなくもない。忌まわしい記憶には、体全体が反応してしまう。そのことは、私もよく知っている。

「そんな子供堕ろせって、怒られました。恥さらしだって。絶対に許さないって、言われたんです。なのにあたし、父の言葉に従えなかった。父のために、子供を持とうと思ったのに、その父がダメだって怒ったのに。あたしになんて、どうせろくな母親になれないって、わかってたのに。なのに産みたいって、思っちゃったんです」

震えるような声で、織絵が言う。

「――この子を産めば、あたし……もう、ひとりじゃなくなるんだって」

ああ、そうかと、希実は思う。

「身勝手な、話ですけど……」

この人はずっと、ひとりだったんだな。

そして織絵は、父の指示に従わないまま、こだまを堕ろさず日々を重ねた。父がそれに気付いたのは、織絵のお腹がもうずいぶん大きくなってからだったという。

もちろん父は激昂した。拳を振り上げ、織絵を責めた。

「父は、古い時代の人でしたから。手をあげるのも、躾の一環だったんです。昔からそうで、だからあたしは、ちゃんとそれに耐えるべきだった。父の意に背いた罰は、ちゃんと受けないとって……」

しかし、いつもなら耐えられた暴力も、身重の体にはこたえたらしい。何より、その手がその足が、お腹に当たらないかとひやひやした。それで織絵は、逃げたのだ。普段なら決してしないことを、してしまった。

「そう、この部屋……。ここであたし、父から逃げたんです。もちろん父は、追って来ました。追って来て、あたしのブラウスを摑んで……」

そう言って織絵は、戸口のほうをぼんやり見やる。つられるようにして希実も、織絵の視線の先を追う。戸口の向こうには、シンとした薄暗い廊下が続いている。

「でもあたし、父の手を振り払って、逃げてしまって……」

瞬間希実の目に、大きなお腹を抱え走ろうとする、若い織絵の姿が映ったような気がした。そしてそのあとを、怒りに震え追って来る老いた男の姿も——。男の口は、叫んでいた。待て、織絵。許さんぞ、俺は、お前を——。待て、織絵！　織絵！　織絵！

その目は怒りに狂っていた。

「父は、あの戸口のあたりまでやって来て……。そこでバッタリ、倒れてしまった」

倒れた男は、苦しげに胸を押さえながら、それでも向こうを睨み叫ぶ。待て、織絵！

織絵！　お前を、許さんぞ、俺は、お前を——。

「そしてそのまま、死にました」

平坦な声で、織絵が言う。希実の目に映っていた老いた男は、そのままがっくりと動かなくなる。

「ホッとしました。あたし……」

そう言う織絵の目にも、息絶えた男の姿が映っているようだった。

「父が死んでよかったって、心から思ってしまった」

その男を見詰めるように、織絵はぼんやりと虚ろな表情を浮かべていた。

「何よりも大切な父だったのに……。だからあたし、きっと父にも恨まれてると思います。でも、それでいいと思ってました。だってあたしには、こだまがいたから」

こだまを産んだ織絵は、それまでになかった幸福感を覚えたのだという。

「だってこだまは、すごくいい子で……。みんなは親ばかだって笑うけど、あの子、赤ん坊の頃から、ちっとも手がかからなくて。おっぱいも上手に飲めて、おしめを外すのも、周りの子達の中で一番だったんですよ？　言葉を覚えるのも早かったし。言ったでしょ？　知能テストで、天才だって言われたって。あれも、本当なの。だからって、取り立てて周りの子と違うってわけでもなくて、ちゃんとみんなと一緒になって遊べて……。何よりね、あの子は、すごくすごく優しいの。泣いてる子がいると、一番に気付いて、声をかけてあげるのよ？　何よりそれが、あたし、嬉しくて……」

その時のことを思い出したのか、織絵はその目にわずかな涙をにじませる。

「こだまは、本当にいい子なの。こんなあたしをお母さんにしてくれた、本当に優しくていい子なんです」

そういえばこの人の昔の夢は、優しいお母さんだったんだっけ。希実はぼんやりとそんなことを思い出す。もしかするとあれは意外に、彼女の本当の夢だったのかも知れない。父が望んだ医者でもなく、父に近づける看護師でもなく、それが彼女の本当の——。

「なのにあたし、あの子に手を、あげてしまうことがあって……」

織絵の告白に、希実は小さく息を飲む。

「……他の子に比べたら、ちっとも手がかからない子なはずなのに、あの子がちょっと何かを失敗すると、カッとしてしまって、どうしてそんなこともできないのって……。まるで父が、私の中に、入り込んできたみたいに、怒鳴りつけてしまうんです」

希実の耳の奥に、知らない男の声が響く。許さんぞ、織絵。許さん、許さん――。

「そのたびあたし、父が復讐しにきたみたいな気がして、怖くなって……。あんなふうに、父を死なせてしまったから……」

許さんぞ、織絵。許さん、許さん――。

「そうなったらもう、あたし、こだまの傍にはいられなくて……。それで、落ち着くまで、家を空けたり……。こだまを家の外に出したり、したり、してたんですけど……」

そう言って織絵は、ぼんやりと希実を見やる。ガラス玉のような虚ろな目で、じっと希実の姿を捕らえる。

「でもあなたが、うちに来て……」

言葉の意味を測りかね、希実は静かに訊き返す。

「私が……？」

すると織絵は希実を見たまま、ゆっくり頷き口を開いた。

「こだまが万引きしたって、あなたが言って……」

その言葉に、ああ、と小さく希実は呟く。確かに初めてここに来たのは、こだまがブランジェリークレバヤシのパンを盗んでいったせいだった。

「……それが、どうかしたの？」

希実が訊ねると、織絵は静かに呼吸を整えてから、答えた。

「万引きは、いけないことだわ。そんなこと、絶対にしちゃだめなの。こだまは、絶対にそんなことしない。しちゃいけないの」

うわ言のように、織絵は続ける。

「――あたしと同じことなんて、こだまは絶対にしちゃいけない」

それから織絵は、口の端を震わせ話し出した。

「だって万引きは、あたしの病気なのに……。父も言ってました。お前はダメだから、そんな病気になるんだって。だから治そうとしたけど、どうしても治らなくて。父に知られると殴られるのに、止めることが出来なくて。途中で父にもさじを投げられました。どうしようもない娘だって。だからあたしも諦めてたんです。どうせあたしは、こんな人間なんだから仕方がないんだって。でも、こだまは――。こだまが、あたしと同じことをするなんて、そんなことあっちゃいけないのに。あなたの店のパンを盗んだって、だからあたし、あたし……」

震えながら言う織絵に、希実は問いかける。

「……それで、こだまを殴ったの？」

その言葉に、織絵は頷く。

「そんなことしたくなかったのに、火がついたみたいに手をあげてしまって……。気がついたら、あの子顔を腫らしてて……。それからあたし、考えたんです。どうすることが一番いいのか……。それで、決めたんです」

希実はまた、ぼんやり斑目の言葉を思い出す。真実は、何らかの決断を下した時にのみ、見えてくる。息子を産んだこと、投げ出したこと。どうしてその決断を下したのか。

「こだまから、手を離そうって。それがあたしに出来る、唯一の、優しいことなんじゃないかって、思ったんです」

そしてああと嘆息する。

優しいお母さんになりたかったこの人の、それが選択だったのか。

＊　＊　＊

希実がそうして重い息をついていた時、ブランジェリークレバヤシではいつものごとく弘基の熱血指導が行われていた。

「成形したパンの中央に、クープを入れる。パンを焼く前の、それが最後の作業だ」

厨房の台の前に立ち、弘基は暮林に説明する。その手にはクープナイフが握られていて、弘基はそれを暮林に掲げてみせる。

「角度は約七十度。ナイフを傾けて、前から後ろへ腕ごと引く。手首はひねらず動かさずだ。あくまで真っ直ぐ。迷わず無駄なく、一気に切り込みを入れる」

そう説明しながら、弘基は台の上に並べられたバゲットに、次々クープを入れていく。言葉通り、その動きには無駄も迷いもない。クープがあるべき場所を知っているかのように、弘基はナイフを走らせていく。

「この切り込みで、パンの見た目が決まるからな。だからクープは、パン屋の顔とも言われてる。つまりは美しい切れ目を、入れろってこったな」

暮林はそんな弘基の指導を受け、なるほどと呟く。そして渡されたクープナイフを手に、宙で弘基の動きを真似てみせる。ただし、その手首は曲げられていて、角度も少々深過ぎだ。不器用な男だなと、弘基は思う。飲み込みが悪いっつーか、なんつーか。動きもちょっと鈍いんだよな。軽やかさもないし華もない。

そんなところに、美和子は惚れていたのかなと、弘基は考える。そして、そんなところが俺にはなかったんだろうなと、しみじみ感じ入る。

「……」

パンというのは、完璧な存在だと弘基は思っている。完璧な配合と、完璧な手順と、完璧な技術によって、完璧にかたどられていく。人もそれに、どこか似ている。他人と交じり合い、形を変え熟成し、各々の人間になっていく。ただそこには悲しいかな、完璧さというものが、パンほど必要とされないのも事実だ。むしろ人は、その不完全さを愛したりもする、実にやっかいな生き物なのだ。

美和子もよく、言っていた。

「陽介って、ちょっと不器用な人なの。自分のことを、いつも疑ってるようなところがあって。だから私は、彼が彼自身を疑ってる分、ちゃんと信じてあげてたいの。私はあなたの味方よって、どんな時でも言ってあげたい」

それはおそらく、暮林が知らないであろう美和子の断片だ。そういうものが、弘基の中にもちゃんとある。もちろん暮林に、教えてやる気はさらさらないが。

そしてそんな昔のことを思い出し、思わず肩をすくめてしまう。それにしても美和子さん、呆れるほど鈍感だったもんな。俺の気持ちに気付かないで、陽介、陽介ってじゃんじゃんのろけてくれて。

「……」

まあ、要するに、ずっと気付かないふりを、してくれてただけなのかも知んねーけど。

「……そういや、希実ちゃんの帰り、遅うないか?」

バゲットにクープナイフを伸ばしながら、暮林がそんなことをふいに言い出す。だから弘基は勢い思わず、集中しろよと舌打ちをしてしまう。パンを作ってる時に、しかもクープを入れようって時に、希実がどうとか思い出すなよ。ただただ目の前の、パンのことだけ考えてろっつーの。

しかしそうは思いつつも、弘基もついつい時間を確認してしまう。そして、あの生意気な女子高生が、一応は気になってるんだろうかと、首をひねる。時計の針は、二十五時をとうに回っている。暮林の言う通り、もう帰っていてもいい時間だ。どうしたのかな、希実のヤツ。めずらしく弘基も、パンへの集中をフッと切らす。

すると遠くから、カラスの鳴き声が聞こえてきた。こんな夜中に気味が悪ぃな。そんなことを思いながら、弘基はガラス窓の向こうの店を見やる。

大丈夫かな、希実のヤツ。

まだ暗い夜の中で、カラスはそれからも騒がしくずいぶんと鳴き続けていた。

それはある意味本当に、不穏の前触れだったのだろう。

こだまが姿を消したのは、その翌日のことだった。

Cuisson avec buée

——焼成——

運命というものを、暮林陽介はこのところしばしば考える。おそらく弘基の影響だろう。美和子の話題を持ち出す時、弘基は何かにつけその単語を口にするのだ。

俺の運命の人。暮林の妻をして、弘基は当然のようにそんな表現を用いる。初めて会った時からそうで、当面あるいは永遠に、その表現が変わることはないようにすら感じられる。人の妻を運命とは、乱暴なことを言う青年だと、最初こそ思ったが今は納得している。そもそも人の思いなどというものは乱暴なのだ。乱暴で横暴で、身勝手なのだ。

自分もそうだったと暮林は思っている。乱暴で横暴だった。何より身勝手だった。よき夫よき伴侶、よき家庭人でなかった。それは暮林の実感で、弛むことのない悔悟の念だ。けれど何度人生をやり直しても、きっと自分は同じような過ちを繰り返すだろうとも思っている。つまりはそれも、運命というものだったのかも知れない。

振り返れば暮林の人生の中には、運命なるものが多少なりあった。自分の意思とは関係のない追い風が、強く強く吹きつけて、有無を言わさぬ強引さでもってぐいと背中を押す瞬間。偶然のようで必然にも思える、いくつかの不思議な巡り合わせ。

まず思い出すのは、十九歳の春だ。大学二年の春休み、暮林は数人の友人たちと共に海外へと渡った。持て余すほどの長い春休みを使って、アジア各国をバックパックしようというのが旅の趣旨だった。暮林が学生だった頃、少なからぬ若者たちが海外へと向かっていた。日本以外の国を知ろうという機運が、その時代の若者には多少なりとあったのだ。ある意味では、恵まれた時代だったのかも知れない。あるいは単に暮林が、恵まれた学生だっただけの話かも知れないが。

ベトナムはハノイまで飛んだら、そこからは陸路で移動をする。国を縦断するようにホーチミンに向かい、その後にカンボジアへと入る。アンコールワットの遺跡を見たいというのが、友人たち共通の主張でもあったからだ。そこからタイへと渡り、タイを南下してシンガポールに入り、クアラルンプールから空路で日本へと戻る。一応の計画上はそうしていたが、現地で気が変わったら個々人で行く先を変更してもよいと、取り決めてもおいた。自由と自主性に欠けた旅は野暮だという共通認識が、仲間内の中に純然と存在していたからだ。事実、他のバックパッカーと意気投合し、そのままインド方面へと進路を変えた者もいたし、現地の女の子に惚れてしまったからと、カンボジアに留まった輩もいた。そんな中にあって、しかし暮林は最初から計画を逸する気がなかった。何しろ暮林は、さほど強い思いをもって旅に臨んだわけではなかったのだ。旅行の幹事役であったクラスメイトの田中に、お前も一緒にどうだと誘われ、断る理由がとっさに思いつかず、行くと決めてしまっただけの話だった。そしてそんな成り行きで向かった先で、しかし風はごうと吹いた。

旅の中盤のことだった。望み通りアンコールワット見物を果たした一同は、ヒッチハイクをしながら首都のプノンペンへと向かうことにした。しかし英語が通じるドライバーはほとんどおらず、暮林たちは何十台もの車に振られ続けた。四時間ほどかけてようやく見つけたプノンペン行きのトラックの運転手は、暮林たちの果敢な挑戦を無謀と笑った。

「英語を喋る人間は少ししかいない。教育を受けた人間は、ほとんど虐殺されてしまったからね」

事も無げに言う彼に、でもあなたの英語は正確だと伝えると、彼は笑顔のまま答えた。

「私は嘘つきだから助かった。正直な人間は、みな殺されてしまったよ」

暮林たちはトラックの荷台に乗ることを許され、トラックはそのままプノンペンへと向かった。舗装されていない山道や農村地帯のあぜ道を、車はそうとうに揺れながら走った。おかげで友人たちのほとんどは車酔いし、荷台のすみっこで寝込んでしまっていた。車に酔わなかったのは暮林と田中だけで、だからその風を受けたのも二人だけだった。単なる偶然のようでもあるが、必然といえば必然、つまりはそれも運命だったのかも知れない。

その時トラックは、農村地帯を走っていた。田畑の向こうには小さな集落があって、遊ぶ少年たちの姿が見えた。彼らは畑から離れた荒地のあたりで、缶を蹴って走り回っていた。そんな中、トラックに気付いた少年のひとりが、遊ぶのを止めてこちらを見止めた。面白がった田中が、その子に手を振った。すると彼も、手を振り返した。距離があったためはっきりとした表情はわからなかったが、おそらく笑顔を向けているように感じられた。

その瞬間だった。どん！　と地面が突き上げるように震え、生温かい風が暮林と田中に吹きつけた。手を振っていた少年の左で黒煙が上がり、少年は右方向へと吹き飛ばされた。遊んでいた少年の誰かが、地雷を踏んだのかも知れないと思い至るのに、それほど時間はかからなかった。すると田中が、運転席に向かい叫び出した。車を止めてくれ！　子供が地雷を踏んだようだ！　止めてくれ！　お願いだ、止めてくれ！　一方で暮林は、じっと前を見据えていた。目を逸らすことが、どうしても出来なかった。

爆発音に気付いた村の大人たちが、わらわらと向こうに集まりはじめた。けれど地雷を警戒してか、遠巻きに様子を眺める者がほとんどだった。そんな中ひとりの女が、何か叫びながら荒地に駆け出して行った。そして大地にひざまずき、地面に落ちた何かを絶叫しながらかき集めはじめた。瞬間暮林の耳に、田中の呟きが届いた。なんなんだよ、これは……？　あの女の人は、一体……？　だから暮林は、小さく返した。

「……死んだ子の、母親やろ」

見たままを、暮林は告げた。彼女がかき集めている何かは、彼女のおそらく爆破に散った息子だろう。叫び声は慟哭で、生温かい風は爆風だったのだろう。それからも田中は何度か、運転席に止めてくれと叫んだが、トラックは止まらなかった。出来事はまるで映画のワンシーンのように、暮林たちの前からするする遠ざかっていった。

どうして車を止めてくれなかったのか。爆発に気付かなかったのか。プノンペンに着いてから田中が運転手に詰め寄ると、彼はそっけなく言い捨てた。よくあることだ。気にするな。そして法外な運賃を要求し、奪うように金を受け取り去って行った。

その後の旅は、滞りなく進んだ。暮林も田中も、トラックの上で遭遇した出来事について、特に何も喋らなかった。そのせいもあってか、あれは夢だったのかも知れないと、思い違いそうにもなった。しかしその春休みが明けた三年次、選んだゼミの研究室で、現実だったんだなと思い至った。暮林が選んだのは国際法ゼミで、教授は難民問題や地雷撤廃運動に明るかった。そのゼミに、田中がいたのだ。

田中は暮林を見止めると、お前もかと笑った。考えることは一緒だな。その言葉に暮林は、内心ホッと息をついていた。自分の反応は過剰だったかも知れないと、実は少々悩んでいたのだ。しかし、田中も同じように感じていたのなら、大丈夫だろうと思い至った。あんな光景を見たら、無関心ではいられない。自分の反応は、たぶん、正しいものだったのだろう。

入ゼミ後の田中は、教授の口利きもあり、精力的に海外へと足を運びはじめた。一方の暮林は国内で、半ば教授の助手のような仕事に忙殺されるようになった。例えば田中がNGOの地雷除去活動に参加している頃、暮林は教授の会議資料を収集しスピーチの草案を作っていた。そのことを田中は、草の根運動と役所仕事だなと評した。だからといって、暮林を非難していたわけではない。両方必要だよと、田中は笑って言っていた。

「大事なのは、お互いの仕事を認め合うことだ。そのどっちが、命を救ったってかまわないんだから。誰かが助かってくれるんだったら、俺はなんにだって感謝するよ」

しかしそんな田中に、暴言ともいえる言葉を浴びせかける輩もいた。

「素晴らしいほどの独善ね。いずれ選挙にでも打って出る気なんでしょ?」

美和子だ。同じゼミ生だった美和子は、暮林らの学年が仕切ったOBOG懇親会の打ち上げで田中に食ってかかりそう言った。のちに聞いたところ、司会進行役を田中に押し付けられ、とにかく腹が立っていたらしい。しかし当時の暮林は美和子の不機嫌が理解できず、相変わらず口の悪い子だなとだけ思っていた。何しろその頃の美和子は、ゼミ内のみならず学部内でもちょっと目につく変わり者だったのだ。

彼女はほとんどいつもひとりでいて、たいていイヤホンで音楽を聴いていた。要は音楽で耳を塞いでいたのだ。だから人に話しかけられても、ほとんど無視を決め込んでいた。何か返事をするのであっても、態度はあくまでそっけなかった。食事はパンと決まっているようで、教室のすみや移動の道すがら、あるいは学食の中にあっても、変わらずパクパクかじっていた。

何より彼女は、望んで国際法ゼミに入った学生ではなかったのだ。他ゼミの選抜試験に落とされ、仕方なくこちらに入ゼミしたらしかった。そもそも国際法ゼミは、レポートの提出頻度も採点も厳しいと評判で、標準的な大学生活を楽しみたい学生たちからはすこぶる人気がなかったのだ。そんなふうに嫌々入ったゼミであったせいか、美和子はゼミそのものを否定するような発言を、しばしば口にしていたのだった。

「大体、何が難民問題よ。何が地雷撤廃運動よ、何が国際協力よ。日本経済だってお先真っ暗な状況なのに、よくよその国の心配がしてられるわよね」

おかげでゼミ生からは、とにかく煙たがられていた。何せ意見に忌憚がないのだ。

「途上国の社会保障がなんだって言うのよ。そんなのの導入プログラムなんか考えてる暇があったら、まずは日本の金融緩和措置のリスク分析でもしてみなさいよ。でなきゃ田中君のやってることなんて、恵まれたボンボンの偽善ごっこにしか見えないわよ」

その言い草に、田中は黙り込んだ。何しろ田中は、実際恵まれたボンボンだったのだ。彼の父親は祖父の地盤を継いだ二世議員で、その長男である田中は父親所有のマンションを下宿先にする坊ちゃんだった。かといってそれを理由に、田中を攻撃するのはフェアじゃない。暮林は美和子をそうたしなめたが、美和子は鼻でそれを笑い飛ばした。

「フェア？　この世界のどこにそんなものがあるの？　言っとくけど、この国が平和だからって、みんなが幸せに生きてるわけじゃない。この国にだって、いくらでも戦場はある。それがわからないのは、しょせん既得権に守られた側の人間だからでしょ？」

そんな変わり者の美和子と、教授のお気に入りだった暮林の距離が近づいたのは、大学三年の春休みのことだった。君もそろそろ見ておく時期でしょうねと、教授に会議のお供を言い付けられた暮林は、彼に命じられるままパリを訪れていた。機内泊をしてホテルに着いた日から会議は行われ、暮林は不眠不休で教授の会議に同行し、メモを取り会議内容をまとめ文書に起こした。そして三日間のそんな行程をこなしたのち、思いがけず教授が言い出したのだ。古い友人に招かれましてね。ちょっと行ってきます。そんな言葉を残し、ひとりベルギーへと向かってしまった。明後日には戻りますから、暮林くんは明日一日、パリの休日を楽しんでください。いいですよ、春のパリは。

突然そんなことを言われてもと困惑したが、しかし何もしないのもどうかと思い、とりあえず観光をしてみることにした。パリといえば、やはりエッフェル塔かなと、単純に考えそこへ向かった。もちろん、特に深い思い入れはなかった。カンボジアの時と同じだ。しかしそこでもまた、運命というものが、思いがけず向こうからやって来た。

人込みの中、青空を背景にして立つ鉄塔をぼんやりと見上げていた暮林は、その塔を背にして走って来る若い男とぶつかった。男は暮林に邪魔だと言い捨て再び駆け出した。それとほぼ同時に、前方から叫び声が聞こえてきた。

「――泥棒！」

耳に飛び込んできた日本語に、暮林はハッと先ほどの男を振り返った。男は塔に臨む人々の波をかきわけるようにして、慌てた様子で先を急いでいた。どこからどう見てもそれは、何かから逃げようとしている者の姿だった。だから暮林は、はじかれるようにして男を追いかけはじめたのだ。

男の逃げ足は速く、暮林が必死に走っても距離は中々縮まらなかった。それでも暮林は、泥棒！　と叫びながら男を追った。待て、泥棒！　覚えたてのフランス語で、とりあえず声を荒げた。大通りに差しかかったあたりで、男は手にしていたポシェットを暮林めがけて投げつけてきた。暮林は走りながらそのポシェットを拾い上げ、中身を確認した。中にはパスポートと現金、トラベラーズチェックが入っていた。おそらくこのままでは逃げられないと悟った男は、盗んだ品を捨て我が身を守ろうとしたのだろう。それで暮林も追うのを止めた。とりあえず同郷の人間の持ち物は取り戻せたのだ。それを無理に深追いして、返り討ちにあってはたまらない。

大使館にでも届けるかな、そう考えつつポシェットの中のパスポートを確認し、暮林は思わずそれを見入ってしまった。

「……え？」

何しろそのパスポートには、美和子の名前と顔写真があったのだ。大使館前でしばらく待つと、案の定美和子がやって来た。美和子も暮林を見るなり、目を見開いた。

「――く、ればやし、くん？」

美和子の説明によれば、彼女は父親の遺骨を引き取りにパリへとやって来たらしかった。

「ずっと海外赴任してたんだけど、こっちで女の人作っちゃって。その人のとこで死んじゃったんだ。もう五年ほど前のことだけど。遺体はこっちで火葬してくれて、ちゃんと遺骨になってたんだけど。ママが引き取りに行くの嫌がってね。もううちには関係ないって、その一点張りで。それで仕方なく、私がここまで来たってわけ」

川辺で、パンをかじりながら美和子は淡々と語った。ちなみにその時暮林も、美和子の隣でバゲットをかじっていた。ポシェットを奪還してくれたお礼だと、美和子が渡してきたのだ。

「パン、好きなんやな」

暮林が言うと、美和子は頷いた。

「大好きよ。だってパンは、平等な食べものなんだもの。道端でも公園でも、どこでだって食べられる。囲むべき食卓がなくても、誰が隣にいなくても、平気でかじりつける。おいしいパンは、誰にでも平等においしいだけなんだもの」

聞けば美和子の家庭では、いつからか食事の代わりに、金を渡されるようになっていたらしい。デパ地下で何か買ってきなさいと母親は言っていたそうだが、美和子は近所のベーカリーでパンを買ってばかりいたのだという。

「そのパン屋では、みんな自分用のパンを買っていくだけで。それを見てたら、なんかホッとしたの。もしかしたら、仲間を見つけた気になってたのかも知れない。私もひとりだけど、ひとりじゃないって思えてたのかも」

後に聞かされた話では、美和子の家庭は中々複雑な状況に長らくあったようだった。物心ついた頃から、家庭内別居を続けていた両親。不登校だった兄は、家庭内暴力も繰り返していたらしい。

「冷戦と自爆テロ。なんかうちって、ずっとそんな感じだったのよね」

そんなふうに説明した美和子は、しかし小さく舌を出して付け足した。でも、私がこんなふうに言ってるなんて、みんなには内緒よ？　食うに困らない家庭環境だったクセに、家を戦場になんて例えるなんてって、バカにされるのが落ちだから。そして薄く笑みを浮かべ続けたのだった。

「だってこの国ってさ、辛くても苦しくても、口には出来ない仕組みが出来あがってるじゃない？　弱音を吐けば甘いって言われて、不平を口にすれば偉そうにって叩かれる。全く大した仕組みだとは思うけど、それで一体、誰が得をしてるっていうんだろうね？」

しかしパリでの美和子は、特にそんな話はせず、ただ眩しそうに川面を眺めたり、その後は蚤の市に暮林を付き合わせたりと、観光を楽しんでいるだけだった。そしてそんなパリでの邂逅の後、美和子はやおら暮林について歩くようになったのだった。

なぜそんな一件で美和子が自分に懐くようになったのか、実のところ暮林にはよくわからなかった。それでも美和子は、徐々にイヤホンを耳から外すようになり、人の言葉にもだんだんと反応を示しはじめた。笑う回数も増えて、冗談を飛ばすようにもなった。そしてついには、暮林の恋人に納まってしまったのだ。

なぜそんなことになったのか、今もって暮林には理解出来ていない。美和子からアプローチされた気もするが、それも判然とはしない。何しろ暮林は男女の機微に、いや、人の感情の機微というものに、ひどく疎い性質なのだ。昔から、ずっとそうだった。

「人の気持ちがわからんのかって、子供の頃はよう怒られたもんや。みんなに合わせたり、うまくやるってことが、どうにも出来んくてな。小学校ん時なんて、しょっちゅう学校から脱走してまって。そのたび母親は学校に呼び出されて、よう泣いとったわ。中高でやっと落ち着いたけど。正直に言えば、今も人の気持ちっちゅうのは、ようわからん。わからんで、とりあえず笑って、誤魔化しとるようなところもあるしな。俺には本当に、心がないんかも知れんと、たまに思うこともあるわ」

付き合い始めてしばらくして、暮林は美和子にそんな告白をした。すると美和子は、暮林の胸にあごを乗せて言ってきた。

「じゃあ、私たちが今こうして裸で寝てるのは、どういう気持ちに因ってるわけ?」

その言葉に、暮林はああと思い至った。気持ちがわからんとか心がないとか、そんなのは恋人に言うべきセリフじゃなかったのかも知れん。そして、少し焦った。やっぱり俺は、人の心ってのがわかっとらん。しかし美和子は、そんな暮林の表情を見止めて、小さく笑って言ったのだった。

「別にいいよ、心がなくても。私のを、半分あげるから」

そして油性のマジックで、暮林の胸にハートマークを描いてみせた。インクくさいなと暮林が顔をしかめると、愛ってくさいものなのよと言い返された。そうなのかと暮林が納得すると、かわいい人ねと笑われた。その上で、こう付け加えた。

「これは、陽介がパリで、私を救ってくれたお礼。心の半分、好きなように使ってちょうだい」

笑顔で言う美和子を前に、暮林は胸のハートマークをまじまじと見詰めた。美和子の言う通り、心がそこに現れたような気がした。

大学卒業後、暮林はシンクタンクに就職した。就職活動をしていなかった美和子は、塾講師のバイトをしながら、金が貯まったら海外放浪をするようになった。色んなものを見るのが楽しいと、美和子はよく言っていた。見過ぎないように気をつけろよと暮林がたしなめても、笑って平気よと返していた。だって見ないよりは、見たほうがいいに決まってるもの。陽介だってそこらへんは、けっこうわかってるはずでしょ?」

ちなみに田中は、ニューヨーク大学院へと留学した。そこで開発経済学の修士号を取得したのち、国連のJPO選考試験を受験。見事パスして国連開発計画局に勤務しはじめた。カンボジアでの一件以来、地雷の撤去活動のみならず、難民キャンプや紛争地域にまで足を踏み込んでいた彼の、それが結論だったらしい。

「何も出来ないかも知れないが、何もしないよりはいいかと思ってな」

確かに、何も出来ないだろうなと、暮林は思っていた。田中が何をしたところで、世界はおそらく変らないはずだ。田中が学生時代の多くの時間を捧げてもなお、地雷がなくならなかったことと同じことだ。戦争や貧困にしてみてもそうだ。それらはいたちごっこのように繰り返されるばかりなのだ。どこかでなんらかの成果があがれば、また別の地域で紛争なり貧困が発生する。何より戦争も貧困も、ある種のマーケットになっている。それによって富める層がいる限り、仕組みはそうそう崩せない。

それでも田中の存在は、暮林の中で少しの引っ掛かりを作っていた。世界はおそらく、変らないだろう。それでも何もしないよりは、確かにいい。その部分にも、暮林は少なからず同調していたのだ。ただ、田中のようには動き出せなかった。国内での就職が、親の希望だったというのもある。何より自分は、田中ほど精力的に活動をしていた学生ではない。教授にはずいぶんかわいがってもらったが、それも大学時代のいい思い出として心に留めておける程度のものだ。美和子との将来だってある。彼女と普通に家庭を持って、普通の幸せを築く生き方も悪くない。それも暮林の、偽らざる考えだった。

しかし暮林は、就職してわずか一年ほどでスリランカ赴任を言い渡された。今思えば、あれも一種の運命だったのだろう。何しろそこでまた、あの風を感じてしまったのだ。

スリランカの国内には、あちこちに先の内戦の爪あとがあった。道に放置されたままの戦車。人のいない民家に残された銃弾のあと。子供を亡くした母親。親を亡くした子供。そして道には、砂埃の混じった生温かい風がたびたび吹き付けていく。その風に晒されるたび、暮林の体にはあの時の記憶が蘇った。空に上った黒煙。母親の慟哭。なんでなんだよという、田中の叫び声。車を止めろよ、人が死んだんだぞ、わかってんのか!?なんでだよ!? なんでこんなふうに、人が死ぬんだよ——!?

それでけっきょく、二年半のスリランカ赴任をこなしたのち会社を辞した。その後は親に無断で、コロンビア大学院へと入学。経済学の修士号を取得すると、教授の口利きでアメリカのNGO機関のニューヨーク事務局へと入局した。そこに二年ほど勤めた段で、田中から国連のPKO局に空ポストがあるから、応募してみないかという打診を受けた。

「ＰＫＯ局はキャリアを積むのには不向きかも知れんが。結果を出せば、任期は繋がっていく。だからよければ、ＪＰＯ試験を受けてみないか？」

その電話を受けた時、暮林はグラウンドゼロの前にいた。真夏の昼間で、熱いビル風が向こうから吹き付けていた。そのせいもあったのか、思わず二つ返事でやると答えてしまった。そうして大急ぎでＪＰＯ試験を受け、国連入りを決めたのだ。だから美和子には、事後報告の形になってしまった。にもかかわらず美和子は、よかったわねと笑ってくれた。だってそれ、陽介のやりたかったことでしょう？　美和子にそう言ってもらうと、そうなんだと素直に思えた。大丈夫。俺の心の半分が、そう言ってくれているんだ。

その後二人は結婚したが、一緒に暮らした時間はごくわずかだった。暮林は一年のほとんどを海外で過ごし、日本に戻るのはほんの十日ほどだった。そしてその短い時間を美和子と過ごし、また赴任先へと戻って行く。

「それで夫婦と言えるんか？　美和子さんは本当に納得しとるんか？」

親からは何度もそう言われた。けれど当の美和子は、一言の文句も言ってこなかった。そして一年、また一年と、二人のバラバラな結婚生活は続いた。美和子は美和子で、ブランジェという道を見つけ、そのために時間を費やしていた。彼女は自分の世界を持っている女性だから、大丈夫なのだろうと暮林は思っていた。

それよりも、戦火を消すこと。気付くと暮林は、そのことに全ての時間を費やすようになっていた。しかしどれだけ時間を費やしても、戦いの火は消えてくれなかった。こちらで鎮火したと思えば、向こうの国に飛び火している。砂漠に水をまくように、暮林は紛争地帯を飛び回った。不毛な行為でも、傍観するよりはいいだろうと信じてそうした。あるいは信じなければ、やり通せなかっただけかも知れないが。

戦火を追っていたつもりだったのに、戦火に追われているような錯覚を起こすようになったのは、いったいいつの頃からだっただろう。

消さなくては、あの火を。

消さなくては、あの火を。

でなければこの俺が、あの炎に飲み込まれる。

「私、パン屋をはじめようと思うの」

美和子がそう言いだした時、暮林はいいんじゃないかと返事をした。お互いに、もう三十五歳を過ぎていた。これが自分たちの生き方なのだと、暮林はすっかり思い込んでいた。しかし——。

しかし、その美和子に風が吹いた。平和な国で暮らしていたはずの美和子に、一分の容赦もなく吹き付けたのだ。

台風の熱を含んだ風は、きっとわずかに生温かかっただろう。美和子はその風を頬に受けながら、青い空を見上げていた。強い風の中、雲は早く流れていたはずだ。凶暴なうなり声は、向こうからだんだんと近づいてきていた。

ごう、ごう、ごう。

そしてその風は、空を見上げていた美和子に残酷な牙をむき、ほとんど一気に飲み込んだ。おそらく美和子には、悲鳴をあげる間もなかったはずだ。そう、あの時の少年たちが、一瞬にして吹き飛ばされたのと同じように。美和子は——。

「……っ!!」

真昼の日差しが差し込む部屋のベッドの上で、暮林は声にならない叫び声をあげ飛び起きる。額には汗がにじみ、息はひどく切れている。美和子が亡くなってからというもの、暮林はそれが当たり前であるかのように、毎日悪夢にうなされ目を覚ましているのだ。夢は決まって美和子が死ぬというもので、そのシーンはなぜか必ず、遠い昔にカンボジアで見た地雷の爆発と重なり現れた。

額の汗を拭い息を整えあたりを見回すと、そこにはガランとした部屋が広がっている。それで暮林は自分が置かれた現実を理解する。ここは日本で、俺の部屋だ。美和子が暮らしていた部屋に帰ることがどうしても出来ず、荷物が入りきらないからと周りに言い訳をして借りた新しい部屋だ。その実、大した荷物などなかったから、部屋はひどく殺風景で寒々しい。

しかし暮林はその部屋を、自分に似合いの部屋だと思うようになっている。俺と同じで、空っぽだ。囲いはあっても中身はない。美和子が死んで、暮林の中の全てが消えた。当たり前だと暮林は思っている。美和子は、俺の心やったんや。

だから今の暮林は、暗い夜の闇の中、美和子が残していったものだけを守るべく暮らしている。彼女が開店させるはずだったパン屋と、彼女がかわいがっていた弘基。

美和子の妹だと名乗り現れた希実も、その中に含まれている。どういういきさつなのかは見当もつかないが、美和子は彼女を腹違いの妹と認め、何かあったら力になると確かに手紙に書き置いていた。二十年前に死んだ美和子の父親が、十七歳の希実の父親であるわけはないが、それでも美和子が力になると言っていたのだから、自分はその意思を引き継ぐべきだと心に決めている。

しかも美和子と希実は、どことなく似ているのだ。世界を憎んでいるような目つきや、すぐに人に突っかかるその態度。そして、優しくされることに慣れていない無防備さも、そっくりだ。察するに希実は、世慣れた男に少し優しくされてしまえば、ことんと心を許してしまうだろう。卵から孵ったばかりのひなが、初めて見た動く生き物を、親と思い込んでしまうのと同じように——。

そんなことを考えパンを捏ねていると、弘基にぴしゃりと注意を受ける。邪念は捨てて、パンにだけ向き合えっつーの。ほんっとクレさん、注意散漫なんだからよー。不器用なんだから、せめて集中力でカバーしろって。弘基の言う通り、暮林はパンを作るのがへたくそだ。それでも自分には、このパン屋しかないと思っている。

「落ち込む気持ちはわかるが、そんなことは美和子ちゃんの本意じゃないと思うぞ」

暮林の現状を知った田中からは、時おりそんな電話が入る。

「ここで生き方を変えたら、暮林の生き方を支えてくれた美和子ちゃんを裏切ることになるんじゃないか？　近くコソボ事務局に空きが出る。戻る気はないか？　暮林」

しかし、暮林にはわからない。美和子を守りきれなかった自分が、いったい誰を救えるというのか。

田中に説得されるたび、暮林はそんなふうに思ってしまうのだ。俺に出来ることは、きっともう、何もない。

何しろ心が、半分だけあったはずの心が、今はもう、なくなってしまっているのだ。

織絵ちゃん。ごめんなさい、さようなら。こだまはそんな置手紙を家に残し、姿を消してしまった。そのことに気付き、ブランジェリークレバヤシのドアを叩いたのは織絵だった。店を閉店させたばかりのその明け方、朝の日差しを引き連れるようにして織絵は突然現れた。

＊＊＊

「――こだま、こちらに来てませんか？」

希実がドアを開けるなり、織絵は泣き出しそうな表情を浮かべそう訊いてきた。来てないけどと希実が返すと、本当ですか⁉　と声を荒げた。声を聞きつけた暮林と弘基が厨房から出てきて、どうしたんですかと訊ねると、織絵は崩れるようにひざまずき、そのまま手で顔を覆いしゃくりあげるようにして言い連ねた。どうしよう、こだまが……。あの子に何かあったら、あたし……。見かねた暮林がイートイン席に彼女を座らせ、どういうことかと問いただした。すると織絵は、ポケットの中からメモ紙を取り出し、暮林に見せた。そこに、くだんの言葉が記されていた。

少しいびつなその文字は、確かにこだまのものだった。メモ紙に目を落とした希実は、思わず息を飲んでしまった。隣の弘基も、表情を険しくしている。暮林にそれほどの変化は見られなかったが、それでも小さく息をつき眼鏡のブリッジを持ち上げ口を開いた。

「……いなくなったのは、いつですか？」

織絵によると、こだまは昨夜から姿を見せていないらしい。学校に行っていたという確認はとれたらしいが、それ以降の足取りは摑めていないという。

「最初は保護されたのかと思って、相談所に電話してみたんです。でも、そんなことしてないって言われて……。友達のおうちにも、電話を入れてみたんですけど……。あの子、どこにもいなくて……。あたし、どうしたらいいのかわからなくて……」

それで希実たちは、手分けをしてこだまが向かいそうな場所を探して回った。店から家までの通り道。緑道の茂みの中。路地裏のベンチの下。公園の滑り台。商業ビルの柱の影。しかしそのどこにもこだまの姿はなく、けっきょく一時間ほどで一同は再び店へと戻った。

斑目に連絡を入れ、何か見ていないかと確認もしてみたが、情報は皆無だった。

「……どこかの、親戚のところに行ったとは考えられませんか？」

暮林の言葉に、しかし織絵は力なく首を振り呟く。

「親戚付き合いは、一切してないんです。第一このあたりに、親戚はないですし……」

しかし彼女は、ある意味もっとも濃い血の繋がりを忘れていた。付き合いはなくとも、近くにはいるであろう男の存在を。

「一晩探しても見つからなかったんだから、捜索願を出してもいいんじゃねぇ？」

しびれを切らした弘基が、そんな提案をする。希実の携帯が鳴ったのは、その直後だった。03からはじまる見知らぬ電話番号に、しかし希実は迷わず言った。

「――こだま!?　こだまなの!?」

案の定、電話の主はこだまだった。電話の向こうでこだまは、すげー、希実ちゃん、よくわかったね！　と声をあげた。携帯番号を教え込んでおいてよかったと、希実は胸を撫で下ろす。

「……こだま、今どこにいるの？　昨日家に帰らなかったでしょ？」

希実の言葉に、こだまは屈託なく返す。うん。今、お父さんのところにいるんだ。あまりにあっさり言われたので、思わず希実はおうむ返しで繰り返してしまった。

「……お、お父さんのところ？　お父さんと、一緒なの？　こだま」

希実がそう確認すると、傍らにいた織絵が表情を強張らせた。目をわずかに見開き、口の端をギュッとさせる。顔色はみるみる青ざめていき、目には恐れの色がにじむ。そんな織絵の様子を前に、希実は密かに思っていた。まるで、この前みたいだな。まるでこの人、死んだ父親の亡霊を、見てた時みたいな顔をしてる。

しかしこだまは、織絵の様子に気付くはずもなく明るく続ける。うん、そうなの。それでね、希実ちゃん。お父さんが、希実ちゃんたちに会いたいって言ってるんだ。

「……私たち？」

うん。クレさんや、弘基も一緒に。ちょっと来てもらえないかって。


織絵の話によれば、こだまの父親は優秀な医者だということだった。優秀な医者であり妻帯者であり、織絵には遊びだから割り切れと、しっかり言い含めたらしい男。

こだまに知らされた住所を頼りに、希実たちは店のワゴンに乗り込みその男の住まいへと向かった。そこはウォーターフロントにそびえる高層マンションの最上階で、リビングの広い窓からは東京湾が一望できた。

「――私は、こだま君を引き取ってもいいと思ってるんです」

こだまの父親を名乗る男は、希実たちをリビングのソファに座らせ軽く自己紹介するなり、そう切り出してきた。男は織絵から聞かされていた年齢よりもずいぶん若く見えた。焼けた肌には張りがあり、奇妙なほどにつやつやしている。暮林の一回りほど年上であるはずなのに、ほとんど同い年ほどに見える。かといって、貫禄がないというわけでもない。強いて言うなら、人生の一切の苦労を身につけないよう、ねじ伏せはね付けやってきたような、独特の威圧感を持つ人物だ。

「息子をこれ以上彼女に任せておくのは、あんまりに心配でしてね」

浅い笑みを浮かべ、男はもっともらしいことを言った。そしてそれは、実際もっともな話でもあった。織絵ひとりにこだまを任せるのは、希実から見ても心配だし不安だ。

「もともと、少しの危惧はあったんです。彼女は少々、不安定なタイプでしたから。しかしここまでとは、正直思っていませんでした。何しろ軽く調査をしただけでも、ひどい報告が上がってきたんです。二年前には、窃盗の罪でしばらく拘留されたそうで。かわいそうにその間こだまは、施設に預けられていたというじゃないですか。万引きの癖はいまだに治っていないようですし、最近ではネグレクトの傾向も顕著に現れているという。これはもう放ってはおけないと、彼を連れ出した次第です。なあ？　こだま君」

男は傍らに座らせたこだまを見やり、笑顔で言う。こだまはなんだか困ったような笑顔を浮かべ、はいと小さく頷く。その一連の流れに、希実は違和感を覚える。なんだろう？　この、ヘンな感じ。こだまが、うん、ではなく、はい、と答えたからだろうか。この子に、敬語の概念なんてあったっけ？　そんなことを考えつつ、しかし希実はそこではないと首を振る。違和感は、そこじゃない。確かにこだまもヘンだけど、この男のほうがもっとヘンだ。

「十分に子供を育てられない人間に、親の資格はありません。産むだけ産んでこの始末では、犬猫と変わりない。いや、犬猫のほうがしっかりしてるくらいでしょう」

男の言っていることは、間違いじゃないかも知れない。織絵は確かに、立派な母親とは言いがたい。しかし希実は釈然としなかった。だけどだからって、どうしてこの男はこだまの前で、こだまの母親を悪く言ってしまえるんだろう？　こだまが大好きな織絵のことを、そんなふうに貶めてしまえる？

「ですから今後は、私がこだま君を育てます。我々夫婦には子供がおりませんし、経済的にも恵まれています。こだま君には何不自由のない生活をさせてやれる」

得々と言う男の笑顔に、嫌悪感を覚えた。それで希実は言ってしまった。

「……お話は大体わかりました。でも一点、確認したいんですけど」

ここに来る前、希実は斑目に頼んだのだ。こだまの父親なる人物の、家族構成やら仕事の状況、人柄人格趣味嗜好。わかる範囲で構わないからと、調べてもらった。いつも通り、斑目の調査は迅速だった。マンションロビーに着いた頃、タイミングよく携帯を鳴らしてくれた。

「――優秀な医者だと、評判の人物だよ。順調に出世もしてるし、資産運用も実にうまい。奥さんも美人だ。唯一の心配は高校生の息子さんだろうね。ここ二年ほど、ひきこもってるみたいだから」

そんな斑目からの報告を受けていた希実は、だから素直に疑問をぶつけたのだ。

「……お宅にはもうすでに、高校生の息子さんがいらっしゃいますよね？」

希実のそんな言葉に、男は一瞬笑顔を消した。そして冷ややかな目で希実を見詰めた。けれどそれも束の間、今度は愉快そうに笑い出し一同に臨んだ。

「なるほど。アレのことをご存知でしたか」

そう言って、おかしそうに肩を揺らし続けた。

「しかし、気になさらないで欲しい。我々も、アレはいないものと思っていますから」

微笑み語る男に、希実は息を飲む。息子をアレってどういうこと？　いる人間をいないだなんて、どうして言えるの？

「我々夫婦には、どうしても子供が授かりませんでね。それで仕方なく、昔の女に産ませた子を引き取ったんです。しかし、これが母親にばかり似ましてね、何をやらせてもダメな子供で。しかしこだま君は、ずいぶん優秀な子供だと聞いています。そちらも、調べさせてもらったんですよ。こだま君の母親は看護師なんかをやっていたからあまり期待はしていなかったんですが。彼女のお父上は優秀な医師だったそうで。こだま君なら、きっと私に相応しい息子になってくれるはずだ」

男の話を聞きながら、希実は思っていた。織絵が言っていたことは、本当だったのかも知れない。父親の呪い。あるいは呪縛か。織絵は父親にそっくりな男を、無意識に選んでいたのだ。看護師なんか、その言葉は、彼女の父親のものでもあったはず。

「それに、前の子は中学に上がってから引き取ったせいか、何かと矯正が利きませんでね。その点こだま君はまだ子供ですから、我々ともうまく馴染んでくれるでしょう」

そんな男の言葉に、希実は思わず言いそうになった。冗談じゃない。子供のことを犬猫のように、話しているのはあなたのほうでしょ？　第一織絵は、こだまを犬猫だなんて思ってない。大事で大切で、だから手を離すんだって、苦しんであがいて言っていたのに――。しかしその言葉は、弘基の発言によって飲み込まれた。

「――あのさあ、オッサン」

希実より早く、弘基が暴言を吐いたのだ。

「俺が思うにアンタって、こだまの親父じゃねーんだけど？」

すると男は紙切れを取り出し、冷めた笑顔で言ってみせた。

「DNAの鑑定書です。私とこだま君は、親子関係であると証明してくれている」

不敵に微笑む男を前に、しかし弘基も片方の口の端を上げ笑って返した。

「バッカじゃねーの？　アンタ。DNAとかどうだっていいんだよ。俺はただ、アンタがこだまの父親には見えねーし、見る気もしねーって言ってんだよ」

その言葉に、男は頬を薄く震わせ言う。

「……思った通り、育ちのよくない方々のようだ。ここまでお呼びした甲斐があった」

怒りをにじませ、男が言う。弘基のおかげで、ずいぶんと素の顔が出たようだ。その目が放つ冷たさに、希実の体がわずかにすくむ。こんな目を、いつだったかの巣の中で、何度も見たような気がする。有無を言わさない、高圧的な目。歯向かう気持ちを萎えさせる、張り詰めた空気。

「あなた方にここに来ていただいたのは、こだま君と今後関わって欲しくないからです。そのお願いをしようと、お呼びしました」

これ以上何かを言ったら、きっと手を振り上げられる。あれは、誰の拳だった？ 冷《ひ》えた目で、こっちを睨みつけていたのは誰だった？ あれは、誰の目だった？ 従兄弟の正嗣？ それとも、伯父さん？

違う、あれは、あれは、お祖父ちゃんの——。

「こだま君の人生は、ここで一度リセットさせてもらう。あなた方には、申し訳ないが邪魔です。もちろん、彼の母親も」

黙らなきゃ、歯を食いしばらなきゃ。

殴られてしまう、その前に――。

「書類を用意しておきましたので、これを彼の母親に渡して頂きたい。こだま君も、私の元で暮らすことを望んでいます。彼女が手放さない場合は、育児放棄の事実をもって法廷で争う用意もあります。どうするべきかは、彼女にもわかるはずだ」

白い封筒をこちらに差し出し、男が笑みを浮かべる。

「あなた方にも、ネグレクトの通報を怠った責任があることをお忘れなく。軽く考えてらっしゃるかも知れないが、それも立派な犯罪行為ですからね。証言や証拠は、十分にとってあります。強気な態度に出られるのは、慎まれたほうが賢明だと思いますよ」

そう言って彼は、暮林に向かいその封筒を投げ置いた。すると暮林は、その封筒を一瞥した。そして、うむと小さくうなり、しばらくしげしげとこだまの父親の顔を見詰めたのち、やはり微笑み口を開いたのだった。

「……さっきから聞いとって、気付いたんですけど」

笑顔のままで、暮林は続ける。

「あなたの言葉は、ほとんどがコントロールと脅しなんですね。そういう中で、生きてこられたってことなんですかな？」

暮林の言葉に、男は一瞬虚を突かれたような表情を浮かべる。それまでの居丈高な態度がわずかに崩れる。そんな男の様子を前に、暮林は静かに立ち上がる。立ち上がって、こだまのほうへと向かい出す。

「もしそうやとしたら、同情します。そんな中で生き抜くことは、難儀やったと思います。ただ、そうやからって、それが人を貶めていい理由にはなりませんけど」

言いながら暮林は、当たり前のようにこだまを抱き上げる。

「この子は、私らが連れて帰ります。いいな？　こだま」

抱き上げられたこだまは、一瞬きょとんとしてみせたが、しかしすぐにうんと頷き暮林の首に腕を回した。そんな二人の様子を前に、もちろん男は立ち上がって怒鳴り出す。

「その子から手を離せ！　他人の分際で、親子のことに口を挟むんじゃない！」

すると暮林は、やはり笑って言ったのだった。

「他人やろうとなんやろうと、関係ありません。この子の人生が損なわれるような場所に、この子を置いていけるわけがない」

そして希実と弘基に向かい、言ったのだった。

「さあ、帰るで。長居はこちらさんの迷惑になる」

帰りの車の中で、こだまは父親の元に向かった理由を説明した。

「……前から時々、知らないおじさんに声をかけられてたんだ。お母さんとの暮らしはどうだい？　とか。お父さんに、会いたくないかい？　とか。でも俺、お父さんなんて知らないし、会わなくていいって言っておいた。織絵ちゃんを、待ってなきゃいけなかったし。でもおとといの晩、織絵ちゃんが泣いてるとこ、俺、見ちゃって……」

こだまの言葉に、希実はああと思い至った。織絵が家に戻ったあの日。こだまはあの時の話を、聞いてしまったのか。

「織絵ちゃんが、俺といると辛いなんて、俺、全然、知らなくて……。困らせてたんだなって、やっとわかったんだ。だから、お父さんて人のところに行けば、織絵ちゃん、泣かなくてすむようになると思って。なんか、ちょっと怖い人だったけど、俺、お父さんてよく知らないし、ああいうもんなのかなって思って……」

すると、運転席の弘基が口を挟んだ。違うよ。ああいうのは、違うよ、こだま。するとこだまは、そっかと頷き、あれは違うと暗唱した。そして、何か思い出した様子で、希実のブラウスの袖を引っ張り、言い出した。

「……あのね、あのね、希実ちゃん」

「何？　どうしたの？」

「……織絵ちゃん、俺が万引きしたって、言ってたでしょ？」

困惑顔で言うこだまに、希実はああと小さく返す。織絵は確かに、そう言っていた。そしておそらくそのことが、彼女にとって何よりの、こだまへの戸惑いであるのは明白だった。何しろあのことがキッカケで、織絵はこだまの元を去ったのだ。

「……言ってた、けど」

希実が小さくそう返すと、こだまはますます困った様子で言い出した。

「……でも俺、万引きしてないよ？」

その発言に、希実は、え？　と首を傾げる。でもあの時、確かにこだまはパンを無断で持ち去った。もしかするとこの子は、売買の観念がないのかと、希実は一瞬考える。そんな希実に、こだまはなおも訴える。

「万引きは、してないよ。だってお姉ちゃんが、パンは持ってっていいって、言ってたんだもん」

真っ直ぐな目で言ってくるこだまに、希実はおうむ返しで訊く。

「……お姉ちゃん？」

そして思い出す。初めてこだまと会った日のことを。あの時も、こだまは言っていた。お姉ちゃんが、どうとかこうとか。だけど当時は、こだまのことをよく知らなくて、嘘をついて誤魔化そうとしているんだと思ってしまった。でも、今ならわかる。

「……ねえ、こだま」

こだまは、そんな嘘をつく子じゃない。

「……お姉ちゃんて、誰のこと？」


希実たちがブランジェリークレバヤシに戻った時、織絵はイートイン席に着き、祈るようにして手を合わせていた。戻った希実たちを見止めると、声を震わせ訊いてきた。

「……こだま、こだまは？」

そんな織絵に、暮林は微笑み返した。

「大丈夫です。ちゃんとお宅に、連れて帰りました」

暮林の言葉に、織絵は安堵の息をもらす。そう、そうですか。よかった……。そんな織絵に、弘基が笑って付け加えた。

「家についたら安心したみたいで、そのままバッタリ寝ちまいました」

すると織絵は、深く頭を下げ礼を言い出した。ありがとうございます。なんだか、もう、色々と、ご迷惑ばかり、おかけしてしまって……。そう言って、ひどく恐縮したように体を縮める。そんな織絵を前に、しかし暮林も頭を下げ詫びだした。

「――いやいや、謝るのはこっちのほうです」

そして、織絵に顔を上げるよう促しつつ続けたのだった。

「息子さんは、万引きなんてしてませんでした。あれはこちらの、伝達ミスでして」

困ったような笑顔で説明をしようとする暮林を、織絵は不思議そうに見詰める。

「……伝達、ミス？」

「ええ。少し長い話になりますので、よかったらパンでも食べながら聞いてください」

暮林がそう言うと、弘基は示し合わせていたように厨房へと向かって行った。同時に希実も、織絵を再びイートイン席に着くよう促す。

「この店は、もともと私の妻が開店させる予定の、店やったんですが……」

織絵の前に、弘基が温めたパンを並べはじめると、暮林はそんな説明をはじめた。

「オープン直前に、妻は事故で亡くなってしまいまして。それで代わりに、私がそこの弘基と一緒に、ここをはじめたんです」

暮林の傍らに座った希実は、その話を聞きながら、そういうことだったんだなと納得する。だからあんなに不器用なのに、パン屋をやろうとしたんだな。だからあんなに一生懸命、生地を捏ねてもいたんだろう。

「それで、どうやらこだま君は、妻が開店準備をしていた頃の、お客さんだったようなんです。ここで試作品を作っている間、ちょくちょく顔を出してくれていたそうで」

先ほどこだまが、車の中でそう説明したのだ。すげーいいにおいがするから、何してるんだろうと思って、店の中をのぞいてたら、お姉ちゃんが出てきて、入っていいよって言ったんだ。そんで、色んなパンを、食べさせてくれた。お姉ちゃんのパンは、すげーうまくて、弘基のもうまいけど、それとはまたちょっと違って、ふくふくでもちもちで、なんかすげーほっこりすんの。

それでね、俺がうまいうまいって言ってたら、持ってっていいよって、言ってくれたんだ。子供のお腹をいっぱいにするのは、全大人の務めだからって。いつでも持ってっていいよって。だから、俺……。ここのパンは、そういうもんだと思ってて……。

全大人の務め。暮林と同じことを、美和子も言っていたんだなと、こだまの話を聞きながら、希実はぼんやり思った。さすが、夫婦というやつだ。

「ですから、こだま君がうちのパンを持って行ったのは、万引きじゃなかったんです。それを勘違いしてしまって、本当に、申し訳ないことをしました」

再び頭を下げる暮林に、織絵はいいえと首を振る。こちらこそ、奥さんにまで、こだまがお世話になってたみたいで……。すみませんでした。あたしが、しっかりしてないばっかりに……。すると暮林は、とんでもないと手を振ってみせる。

「お世話になったのは、こっちのほうです。私たち夫婦には、子供がおりませんで。しかも私は、長年単身赴任っちゅうのをやっとりましたんで。妻はいつも、ここにひとりでおったんです。そやでここにこだま君が来てくれるの、妻はきっと楽しみにしとったと思います」

言いながら暮林は、小さく微笑む。

「こだま君は、優しい子やで。妻がひとりでおること、なんとなくわかっとったんやと思うんです。それで一緒に、おってくれたんやと思う。あの子には、そういうところがありますでな。そやで本当に、感謝しとるんです。私は妻を、ずっとひとりにしてしまっとったで――」

そう言って暮林は、一瞬言葉を詰まらせる。しかしすぐに、笑顔を繕い静かに続けた。

「……そういうわけで、とにかくこだま君は、万引きなんかしとらんっちゅうことです。あの子は、正直で優しい、素直なええ子です」

そんな暮林の言葉を受けて、織絵は苦笑いを浮かべ返す。……そう、ですか。きっと、あたしがどうしようもない分、あの子、しっかりしたんでしょうね。その言葉に、希実は口を挟んでしまった。

「そんなことない。あなたは、どうしようもなくなんてない」

急に口を開いた希実に、織絵は少し驚いたような表情を浮かべる。しかし希実は半ばまくし立てるように続けてしまう。

「本当にどうしようもなかったら、こだまがあんなふうに、織絵ちゃん織絵ちゃんなんて言うわけないじゃん」

言わずにはいられなかったのだ。

「こだまは、あなたが大好きなんだよ？　あなたはこだまに、好きって気持ちを教えてるの。そんな大事なこと教えてる母親が、どうしようもないわけないじゃん。ちゃんと、自信持ってよ。お願いだから――」

希実のそんな言い分に、織絵ははあと息をつく。そして、確認するように呟く。好きって、気持ちを、あたしが、こだまに……？

そんな織絵に、暮林がさらに言い連ねる。

「私はずっと、妻と離れて暮らしていました。妻を、誰より何より、大事に思ってましたけど、傍にはおってやれんかった。離れとったことを、今さらとやかく言っても仕方がないし、そうするよりほか、なかったのも事実なんやけど……。そやけど今は、後悔しかないんですわ。もっと一緒におりたかった。一緒におるべきやった。失くしてしまってからこんなこと思っても、どうしようもないのはわかっとるのに、それでも毎日思うんですわ。もっと傍に、おればよかった」

肩をすくめ、小さく笑い暮林は淡々と続ける。

「夫婦と親子は、同じではないやろうけど。それでも失くしたあとの後悔に、たぶん違いはありません。あなたはこだまと、一緒におったほうがいい。失敗することがあっても、親子なんやしなんとかなるやろ。けど手を放してしまったら、どうしようもないあるのは後悔ばっかりや」

するると弘基が最後のパンをバスケットに入れ、織絵に差し出した。

「このパン、全部こだまが作っていったパンです。織絵ちゃんが帰って来たら、食べてもらうんだーっつって、一生懸命作ってたパンです」

そう言われた織絵は、驚いた様子でパンを見やる。本当に、これ、こだまが……？

そんな織絵に、弘基は笑って返す。

「こだま、ここの奥さんに言われてたらしいんですよ。好きな人には、パンをあげるといいって」

弘基の言葉を前に、希実はチラリと暮林に視線を送る。暮林は相変わらず、口の端を上げて微笑んでいる。

「おいしいパンは、その人を笑顔にしてくれるからって」

家で待っていなさいと希実が言い含めたにも関わらず、こだまはブランジェリークレバヤシの前で、織絵をじっと待っていた。ドアが開き、織絵がその姿を見せると、すぐさま織絵に向かって駆け出した。

「――織絵ちゃん!!」

そんなこだまを、織絵も両手を広げて受け止め抱きしめた。こだま、ごめんね。ずっと、ひとりにさせて……。抱きしめながら言う織絵に、こだまは得意そうに言って返す。ううん、ひとりじゃなかったよ！ みんながいたし、俺は全然大丈夫だったよ！ そんなふうに強がりながらも、しかし織絵の肩に顔をうずめ嬉しそうに続ける。……おかえり！ 織絵ちゃん！ その言葉に、織絵も返す。うん、ただいま、こだま。

希実はそんな二人の様子を、店の窓ガラス越しにぼんやり見ていた。

その光景には、なんとなく覚えがあった。テレビか何かで見たのかな。それにしては、何度も見た気がするんだけど……。しばらくそんなことを考えて、はたと気付いた。

「……あ、私か」

昔、托卵先に母が迎えに来るたびに、私もこだまみたいに抱きついて、おかえりなんて言ってたっけ。その時ばかりはあの母も、なんだか嬉しそうに笑顔を浮かべて、私を抱きしめてくれてたな。ただいまって言いながら、ごめんねって、謝ってもいた。

「……そっか」

小さくひとりごちて、希実は思う。たぶん私あの母のこと、それなりに好きだったんだな。

「……そう、だったんだ」

あの母だって小さな私に、好きって気持ちを教えてくれていたんだな。

そんな希実の傍らに、二人の男がひょっこりと立つ。立って、窓をのぞき込みあれこれ言い出す。

「まあとりあえず、なるようになったけどさ。雨降って地固まるって、そんな単純にはいかねぇだろうなぁ。ああいう母親は、中々変われねーだろうし。早く大人になったガキは、後々歪むのがセオリーだしよ」

そんな弘基の言い分に、希実は内心深く頷く。確かにそうだ。カッコウの母はずっとカッコウのままだし、物分りのいいガキだった私は、現在ずいぶんと歪んでいる。

「まあ、それこそなるようになるやろ。歪んだからって、一生同じように歪み続けるとは限らんし。世の中には、直線の人間のほうが少なかったりもするでな」

そんな暮林の楽観に、希実はにわかに日和る。だったら私も、多少なり変わるだろうか。無論、真っ直ぐにはなれないだろうが。

すると暮林が、笑顔で続けた。

「何よりまあ、歪んだ部分が誰かとうまくはまることもあるし」

その言葉に、暮林はやっぱり暮林だなと希実は小さく笑ってしまう。何しろ私が、言って欲しいことばかり言う。

やっぱり私ばかりが、助けられているみたいだ。

「歪んどるのも、悪いばっかりとは限らんよ」

私ばかりが、救われているみたいだ。

＊　＊　＊

コソボ事務局の空きポストは、他の誰かに勧めてくれ。そう暮林が切り出すと、電話の向こうの田中は、ため息混じりに返してきた。

「どうしてだ？　暮林。このまま日本に残って、どうするっていうんだ？」

だから暮林は、率直に答えた。

「もうじき、商店街の納涼祭があってな。うちの店も、出店せんといかんのやけど。暑い最中に、熱いパンを売るっちゅうのも考えもんで。商品開発に四苦八苦しとるんや。そんなこともあって、当分日本を離れるわけにはいかんちゅうか……」

するとしばらく、電話が無音になった。回線の故障かと、暮林は一瞬疑った。しかしほどなくして、田中の笑い声が聞こえてきた。――ああ、なるほど。そりゃ日本にいないとだな。電話の向こうの田中は、おかしそうにそう言った。

「美和子ちゃんの、パン屋だもんな。なるほどな……。お前の気持ち、やっとちょっとわかった気がするよ」

それでも気が変わったら連絡をくれと、電話を切る間際に田中は言った。助けが必要な場所は、まだいくらでもあるんだ。そうだろうなと、暮林も思った。人と人とがいる限り、助けはほとんど永遠に、どうしようもなく必要なのだろう。

納涼祭は、希実やこだまの夏休みがはじまってすぐの頃合で、開催される予定だった。だから暮林は、二人にも商品開発を手伝わせた。何しろ暮林は、労働は大事だと信じているのだ。何より美和子も言っていた。じっと考えてるより、パンを捏ねてたほうが頭がスッキリしてくるのよね。それで決定したのが、チェロキーとドーナッツだった。

「弘基の作ったドーナッツ。マジでヤバいんだけど。暮林さん、食べたことある？」

「チェロキーもだよ！　あのチェロキーなら、俺、お腹がはじけてもまだ食うよ！」

試作品を食べたらしい希実とこだまは、興奮気味にそう言ってきた。でね、ドーナッツには、ビターチョコレートと、ホワイトチョコレートをつけるの。クレさんと弘基のコックスーツの色だよ！　店の宣伝にもなるし、いいアイデアだと思わない？　で、チェロキーには、ラズベリーソースと、ブルーベリーソースをトッピングするの！　クレさんと弘基の、エプロンの色だよ！　ね？　おいしそうでしょう？　嬉々と語る希実とこだまの後ろで、弘基は遠い目をして微笑み口を開いた。

「……つーわけでクレさん。クソ暑い中、クソ暑い厨房で、クソ熱い揚げ物をすることに決まっちまったからさ。……揚げ物の練習も、みっちりやるからな」

その言葉に、暮林は笑って返した。

「――それはそれは。暑い夏になりそうやな」

納涼祭の出店に際しては、織絵や斑目、ソフィアまでもが駆けつけてくれた。うだるような厨房で、ソフィアは織絵と一緒になって、次々とドーナッツを揚げていった。

「見ての通り、アタシってお菓子作りが趣味で～。こういうの、得意なの～」

どろどろの汗を流しつつ、ソフィアは笑顔でそんなことを言っていた。傍らで織絵は、さすがですねー、そふぃあさーんなどと笑っていた。

聞くところによると織絵は現在、ソフィアが紹介したとある診療所で、看護師に復職しているそうだ。

「ちょっと変わったお医者様の診療所だから、変わった患者さんも多いんだけど。それも社会勉強ってことで、いいんじゃないかな～と思って～」

自力で病院に復帰しようにも、例の男が邪魔をして、どうにも勤め先が決まらないのだそうだ。そこでソフィアが、一肌脱いでくれたらしい。

「困った時はお互い様～。情けは人の為ならず～。アタシが病に倒れた時は、イケメンのお医者様がいらっしゃる病院、手配してね？　約束よ？　織絵」

そしてそのついでに、自助グループやらカウンセリングやらに、同行してくれてもいるようだ。

「だって手癖は人生と同じで、ひとりじゃ絶対治せないもの。でもアタシ、だから他人がいるんだと思うのよね～」

そんな発言に、斑目はなるほどと頷いていた。

「な、な、なんていうか、ドラマチックな言葉ですね！　さすが、ソフィアさん」

そう目を輝かせてもいた。

「もしかして斑目って、ソフィアさんのことマジで気に入ってんじゃねーのかな？」

弘基はそんなふうに言ってもいるが、暮林にはよくわからない。相変わらず、男女の機微には疎いのだ。まあ、厳密には男女ではないのかも知れないが、とにかく人の心というものは、暮林にとって今も中々に難解なままだ。

織絵が母親としてやっていけるのかも、こだまがこのまま健やかに育っていくのかも、暮林にはわからない。自分に出来ることといえば、せいぜい傍にい続けて、何かがあったらフォローすることくらいだろうと、思っている。

こんな俺でも、まあ、見守るくらいやったら出来るやろう。

露店に出すつもりのドーナッツを、一部揚げ終えたタイミングで、暮林は弘基に命じられた。

「なんつーか。揚げ物の練習させといてアレなんだけど。ソフィアさんや織絵さんのほうが、ぜんぜん上手に出来るからさ。クレさんは、露店の設営に行ってくんね？　斑目がひとりで、格闘してるはずだから、そっち手伝ってやってよ」

パンの道のみならず、ドーナッツの道もチェロキーの道も、暮林にとっては相当に遠く険しいもののようだ。ただし、キャンプの設営などには慣れている。おかげで斑目の元に向かってすぐ、暮林はさっさと露店を作り上げてしまった。

「……意外な、特技があったんですね」

暮林の仕事振りに、斑目は少々驚いていたほどだった。

そうして出来上がった露店に、希実とこだまがドーナッツを、弘基がチェロキーを抱えやって来る。

「――おお、思ったより立派な露店になっててんじゃん。これでばんばん売り上げて、店の宣伝しねーとな。夏場は売り上げが落ちやすいから、たっぷり客を摑まねーと」

ショーケースにドーナッツとチェロキーを並べつつ、弘基が不敵に言う。希実とこだまはソースの用意にかかっている。すると弘基が、そうだと思い出したように言い出した。

「クレさんと斑目は、先にまかない食っとけよ。祭りがはじまったら、飯食ってるヒマなんて、ねーからな!」

そして、パンの包みを渡されたのだった。だからてっきり暮林は、斑目とそれを食べるんだろうと思ったのだが、斑目はソフィアさんの仕事が気になるからとかなんとか言い出し、店へと戻ってしまった。

やはり、人の心の機微というのはよくわからない。

「……まあ、ええけど」

けっきょく暮林はひとり、緑道のベンチに腰掛けパンをかじりだした。

「……うん、うまい」

ひとりごちながら向こうを見やると、空が橙色に燃えていた。浮かんだ雲の陰影が濃い。夏の空だなと、暮林はぼんやり思う。日は落ちかけているのに、蟬はまだうるさく鳴いていた。温暖化というやつかと、暮林は考える。そういえば、美和子も言っていた。最近は、夜も蝉が鳴いてるのよ。昔は、そんなことなかったのに。しかし暮林は、夜に鳴く蝉の声を聞いたことがない。つまりは美和子とこの場所で、夏を過ごしたことがなかったということだ。

出会って、ずいぶん経っているのに。そうして付き合って、結婚までして、それでもこのザマかと、暮林は苦く笑ってしまう。すると向こうから、声が届いた。

「——暮林さん！」

祭りの会場から、希実が駆けて出てくる。

「……ああ、希実ちゃん？」

やって来た希実は、私も先にまかない食べろって言われたんだと、暮林の隣に座ってパンの包みを掲げてみせた。そして、その袋を膝の上に乗せ、中身をがさがさやりつつ言い出した。

「……斑目さんは？　どこに行ったの？」

「店に戻ったよ。なんや知らんけど、なんかが気になるとかで……」

すると希実は、ふうんと妙な声で返事をして、メロンパンを取り出し口を尖らせた。

「……だったら、呼んでくれればよかったのに。何もひとりで、食べはじめなくても……」

その言葉の意味も、希実が口を尖らせる意味も、共にわからず暮林はとりあえず笑って返す。

「まあ、そやけど。パンはひとりで食ってもうまいでさ」

すると希実は、さらに唇を尖らせたかと思うと、眉根にしわまで寄せ言い出した。

「……確かに、ひとりでも、おいしいことは、おいしいけどさ……」

首を傾げたり俯いたり顔を上げたり、居心地悪そうに希実は言う。しかしそれでも、言わずにはいられないようで、ぐずぐずと言葉を続ける。

「でも、別に……。なんていうか、二人で食べても、いいじゃん？　二人で食べたって、おいしいパンは、おいしいパンのままっていうか……」

その瞬間だった。

「――あ」

暮林の脳裏に、昔の記憶が蘇った。

「え……？」

希実はきょとんとしていたが、それよりも目の前に広がってしまった過去の記憶に、暮林は心を奪われてしまった。

「……そう、いえば」

パリの川辺で、美和子とパンをかじった、あの時のことだ。

パンは、平等な食べものなんだもの。道端でも公園でも、どこでだって食べられる。囲むべき食卓がなくても、誰が隣にいなくても、平気でかじりつける。

そんなことを言った美和子に、暮林は返したのだ。

まあ、そらそうやけど。こうやって二人で食べたって、同じくらいうまいやろ？

美和子は暮林の言葉に、きょとんと目を丸くした。しかしすぐに、苦笑いを浮かべて言ったのだった。

——でもね、暮林くん。私は、ひとりなんだよ。

そう口にしながら暮林を見詰める美和子の目は、ひどく遠いものを見ているような様子だった。近くにいるのに、どうしてそんな眼差しを向けるんだろうと、暮林は不思議に思った。思ったが、だからといってどう対応すればいいのかわからず、けっきょくいつものように、笑ってなんとなく言ってしまった。

何言っとるんや？　久瀬。ひとりじゃないやろ。ここに、俺がおるやろ？　そんなふうにしか、暮林には言えなかったのだ。それでも暮林なりに、一生懸命言ったつもりだった。ひとりだと笑う美和子を、なぜだかそのままにはしておけなかった。

俺がここにおったって、パンはちゃんとうまいままやろ？　一緒に食っても、うまいパンはうまいままやろ。

するど美和子は、また不思議そうな顔をして、だけど次は苦笑いではなく、本当におかしそうに笑い出したのだった。

ああ、うん。そうだね。確かに、そうだ。そんなふうに言いながら、笑い涙を拭って返した。

確かに、パンおいしいや。一緒でも、同じだね。なんでだろ？　私、ずっと気付かなかった。

そして、小さく呟いた。

ありがとう、暮林くん。なんか今、ちょっと救われた気分。

「あ……」

もしかしたらあれは、笑い涙ではなかったんじゃないか。ありがとうと言った時の、美和子のあの涙は――。

「……まさか」

そして思い至る。そういえば、美和子は言っていた。パリで救ってくれたお礼に、心を半分あげると。まさかそのお礼というのは、あの時の、言葉のことだったのか？

「まさか、そんなことで……？」

美和子は、あんな言葉で……？

あんな他愛のない言葉で、美和子は、美和子は――。

「……暮林さん？」

希実が、少し驚いた様子で、自分の顔を見ている。当然やなと、暮林は思う。こんなタイミングで、こんなふうに涙を流してしまったら、誰だってそりゃ驚くわ。

「……どうしたの？　なんか、私、ヘンなこと言った？」

慌てる希実に、暮林はいいやと首を振る。すまん、ヘンなのは、俺のほうや。そんなふうにいいながら、暮林は両手で顔を覆う。

運命というものを、暮林はまた思う。人の気持ちがわからない俺が、どうにかこうにか返したあの言葉で、美和子は救われてくれたのか。

救われて、俺に心を、くれたのか――。

「……」

希実を連れて露店に戻ると、すでにみんなが待ち構えていた。即席で作った「ブランジェリークレバヤシ」の看板を掲げながら、遅いよと笑って迎えてくれた。そんな姿に、暮林の心はぼんやりと温かくなる。

ああそうかと、暮林は気付く。

そうか。心はまだ、ちゃんと残ってくれていたのか。

半分のあの心は、ちゃんとまだ――。

蝉の鳴き声が、響いている。夜になっても鳴くらしい蝉たちが、薄闇の中でいくらも声をあげている。生温かい風が吹いている。藍色に染まりはじめた空に輝いて見えるのは、おそらく金星だろう。

もうじき夜が、はじまるのだ。

Closed

本書は書き下ろしです。

真夜中のパン屋さん
午前0時のレシピ

大沼紀子

2011年6月5日　第1刷発行
2023年6月24日　第32刷

発行者　千葉　均
発行所　株式会社ポプラ社
〒一〇二-八五一九　東京都千代田区麹町四-二-六
ホームページ　www.poplar.co.jp
フォーマットデザイン　緒方修一
印刷・製本　凸版印刷株式会社

N.D.C.913/319p/15cm
ISBN978-4-591-12479-6
落丁・乱丁本はお取り替えいたします。

電話（〇一二〇-六六六-五五三）または、ホームページ（www.poplar.co.jp）のお問い合わせ一覧よりご連絡ください。

電話の受付時間は、月～金曜日十時～十七時です（祝日・休日は除く）。

P8101162